갈등하는 케이, 팝

BOOK
JOURNALISM

갈등하는 케이, 팝

발행일 ; 제1판 제1쇄 2020년 2월 3일
지은이 ; 이규탁 발행인·편집인 ; 이연대
주간 ; 김하나 편집 ; 소희준 제작 ; 강민기
디자인 ; 최재성·유덕규 지원 ; 유지혜 고문 ; 손현우
펴낸곳 ; ㈜스리체어스_서울시 중구 삼일대로 343 8층
전화 ; 02 396 6266 팩스 ; 070 8627 6266
이메일 ; hello@bookjournalism.com
홈페이지 ; www.bookjournalism.com
출판등록 ; 2014년 6월 25일 제300 2014 81호
ISBN ; 979 11 969371 3 3 03300

BOOK
JOURNALISM

갈등하는 케이, 팝

이규탁

: 미디어 플랫폼의 발달과 문화 교류 증대, 새로운 세대의 등장은 전과 다른 문화 산업 환경을 만들어 냈다. 케이팝은 이런 환경의 가장 빠르고 직접적인 수혜자다. 이제 다양한 지역에서 만들어진 콘텐츠들이 글로벌 미디어 플랫폼을 통해 다양한 틈새시장으로 빠르게 전달된다. 과거처럼 특정한 문화 중심이 압도적인 영향력을 발휘하는 세상이 다시 오지는 않을 것이라는 의미다.

--------------------------------- **차례**

5

케이팝이라는 장르

케이팝K-pop의 세계적인 성공과 인기는 21세기 글로벌 음악 산업에서 가장 눈에 띄는 새로운 흐름이라고 해도 과언이 아니다. 방탄소년단BTS은 전 세계인이 주목하는 미국 대표 음악 차트 빌보드Billboard의 메인 앨범 차트 '빌보드 200' 1위 자리에 세 장의 앨범을 올렸고, 2019년 10월에는 케이팝 최대 기획사 SM의 프로젝트 그룹 슈퍼엠SuperM이 또 다른 1위 앨범을 배출했다. BTS를 비롯한 몇몇 그룹만 성공한 것도 아니다. 다른 글로벌 인기 장르처럼 빌보드 차트 내에 케이팝만의 순위를 집계하는 '케이팝 차트'가 2017년 말 생겼고, 아이튠즈iTunes 등 글로벌 디지털 음원 서비스도 케이팝에 독립된 장르 카테고리를 부여했다. 대표적인 소셜 미디어 트위터Twitter가 트위터와 케이팝의 상부상조 관계를 언급할 정도로[1] 케이팝이 글로벌 사이버 스페이스에서 차지하는 영향력은 엄청나다. 과거 한국인들이 '두 유 노 김치Do you know Kimchi?'를 외국인에게 물어보며 한국 문화의 인지도를 확인하려 했다면, 케이팝은 이제 그런 질문이 필요 없을 정도로 유명해졌다. 오히려 외국인들이 한국인만 만나면 '네가 가장 좋아하는 케이팝 가수는 누구니?'를 물어보는 통에 케이팝에 관심 없는 일부 한국인들이 당황할 정도로 케이팝은 한국의 대표적인 문화이자 글로벌한 성공을 거둔 음악이 되었다.

케이팝은 글로벌 시장에서 하나의 장르로 여겨지고 있

다. 케이팝이라는 용어 자체는 Korean Popular Music의 준말이다. 한국어로 직역하면 한국 대중음악이다. 그래서인지 일부 국내 팬, 정부 관계자, 미디어, 음악 산업 종사자 및 대중문화·음악 평론가와 연구자들은 케이팝을 한국 대중음악과 동의어로 사용하기도 한다. 그러나 이러한 정의에 따르면 이미자와 조용필, 김건모, 신승훈 등의 음악도 서태지와 아이들, H.O.T., 빅뱅, 트와이스, BTS의 음악과 함께 케이팝이라고 칭할 수 있을 것이다.

케이팝이라는 용어가 실제로 쓰이는 방식, 특히 해외 케이팝 팬들에게 인식되는 의미를 살펴보면 케이팝은 한국 대중음악이라는 커다란 카테고리와 동의어가 아니다. 케이팝이라는 용어는 1990년대 말 즈음 중국어권 국가들을 중심으로 한 동아시아 지역[2]에서 먼저 사용되기 시작해 2000년대 초반부터 동아시아 각지에서 광범위하게 사용되었다. 이 시기에도 정작 본국인 한국에서는 케이팝이라는 용어가 거의 쓰이지 않았고 2007~2008년 무렵에서야 널리 쓰이기 시작했다. 이 시기는 몇몇 한국 가수들과 그들의 노래가 동아시아를 넘어 동아시아 바깥 지역에서도 조금씩 알려지기 시작하면서 케이팝이라는 단어가 더 넓은 세계에 알려지기 시작했던 시기이기도 하다. 즉 케이팝이라는 용어는 국내 미디어나 음악계 내부, 팬, 혹은 전문가들이 만들어 낸 용어가 아니라 해외에서 먼저 널리 쓰이고 있던 용어가 한국으로 역수입된 경우다. 특히 동아시아 바깥 지역(특히 미국과 서유럽)에서 이 용어가 통용되기 시작한 이후에야 한국에서도 활발히 쓰이기 시작했다는 점에 주목할 필요가 있다.

즉, 케이팝은 해외에서 정의된 장르다. 따라서 한류라고 불리는 일련의 문화 현상과 매우 밀접히 연관되어 있다. 한국인들이 아무리 '이런 음악도 케이팝이고 저런 음악도 케이팝이다'라고 규정하려고 해도 케이팝으로 받아들여지지 않는 음악이 존재한다. 최근 몇 년 사이 케이팝을 통해 다양한 종류의 한국 대중음악에 관심을 갖게 된 해외 팬들은 한국의 록, 힙합, 인디 음악을 케이팝 카테고리에 포함시키지 않고 케이록K-rock, 케이힙합K-hip hop, 케이인디K-indie 등의 용어를 새로 만들어 사용하고 있다.

그들이 정의하는 케이팝은 무엇일까? 케이팝은 '팝' 앞에 국가와 지역을 나타내는 형용사가 붙은 다른 음악들, 즉 브릿 팝Brit pop이나 스웨디시 팝Swedish pop, 제이팝J-pop, 라틴 팝Latin pop 등과 공통점이 있다. 음악의 국적이 장르를 정의하는 중요 요소로 사용되고 있다는 점, 일반적인 장르들과는 달리 음악적인 특징이 장르를 정의하는 데 필수 불가결한 요소는 아니라는 점이다. 가령 록, 재즈, 힙합 등은 장르 규정에 있어서 리듬 패턴, 악기 구성, 가창 방식 등의 음악적 특징이 가장 중요하다. 이런 측면에서 케이팝은 음악적 스타일에 대한 공유가 어느 정도 이루어져 있는 브릿 팝보다는 스웨디시 팝이나 제이팝, 라틴 팝 쪽에 가깝다고 할 수 있다. 만들어진 지역, 음악 스타일, 그 외 다양한 요소를 통해 수용자들은 케이팝을 다른 음악들과 구분되는 하나의 독립된 음악 장르로 받아들이고 있다.

물론 록이 그랬고 힙합이 그랬던 것처럼, 케이팝의 범주와 스타일 역시 과거의 음악을 포함하면서도 끊임없이 변해 가고 있다. 가령 1980년대의 올드 스쿨old school 힙합과 1990년대의 갱스터 랩gangsta rap[3]은 힙합의 일부이지만, 현재의 힙합은 이와 상당히 다르다. 마찬가지로 한류 초기, 케이팝이라는 장르명이 해외 시장에서 통용되기 시작하던 때의 케이팝과 지금의 케이팝은 여러 가지 측면에서 제법 차이가 있다. 이에 전문가들은 보통 케이팝을 세 세대로 나누어 구분한다. 1990년대 후반 H.O.T.의 등장에서 시작해 그들의 해체로 마무리되는 시대를 1세대, 2007년 원더걸스의 〈Tell Me〉 열풍으로 재점화된 케이팝의 인기가 더 넓은 지역으로 확산된 시기를 2세대, 2013년 이후 등장해 전 세계적 인기를 누리고 있는 BTS와 트와이스로 대표되는 최근의 케이팝을 3세대로 구분하는 식이다.

각 세대 가수들은 연령대가 다르다. 1세대가 1970년대 후반에서 1980년대 초반에 태어난 이들이 중심이라면 2세대는 1980년대 후반에서 1990년대 초중반 태생, 3세대는 1990년대 후반 이후 태생이 주축이다. 음악적으로도 가벼운 전자 댄스 음악 일색이던 1세대와는 달리 2세대와 3세대로 넘어오며 힙합, EDM, R&B를 기반으로 록, 팝, 심지어 재즈에 포크 음악까지 모두 아우르는 다양성을 확보하게 되었다. 특히 음악을 만드는 과정은 전문 작곡·작사가에게 일임하고 대신 무대 퍼포먼스에 '올인'하던 1세대 케이팝 가수들과는 달리 2세대부터는 스스로 작사·작곡 및 편곡을 담당하는 경우가 늘어났다. 3세대에 와서는 이러한 흐름이 더욱 심화되어 멤버가 작사·작곡에 참여하지 않는 그룹을 찾기가 어려워졌다. 또한 화려한 춤과 외모에 비해 음악적 실력이 부족해 라이브 무대를 소화하지 못하고 립싱크에 의존하면서 '붕어 가수'[4]라는 비아냥까지 들었던 1세대와는 달리 2세대부터는 가창력이 뛰어난 케이팝 가수가 많이 등장했고, 3세대에는 이것이 더욱 보편화되었다. 〈불후의 명곡〉, 〈복면가왕〉 등 각종 음악 경연 프로그램에 뛰어난 노래 실력을 자랑하는 케이팝 가수가 등장하는 것은 더 이상 놀라운 일이 아니다.

케이팝 세대 구분의 더 중요한 기준은 음악 시장의 변화다. H.O.T.나 N.R.G., 베이비복스, S.E.S. 등 해외 시장 진입에 성공하여 인기를 누린 팀들도 있었지만, 1세대 케이팝 가수들은 사실상 국내 시장만을 대상으로 음악을 만들고 활동했다. 해외 수용자들이 자신의 음악을 들을 것이라는 기대를 하지 않은 채 한국 수용자들의 취향을 만족시키는 것만을 목표로 삼았다. 해외 시장에서의 성공은 예기치 않은 행운 또는 부수적인 목표에 지나지 않았던 것이다. 그러나 2세대로 들어오면서 상황은 달라졌다. 1세대와 2세대 사이인 2000년대 초중반에 등장해 국제적인 인기를 얻었던 보아와 동방신기처럼 해외 수용자들의 취향을 적극적으로 공략하는 현지화 전략을 통해 본격적인 해외 시장 진입을 목표로 하는 기획사와 가수들이 나타나기 시작했다. 이러한 경향은 한국이라는 특정 지역local의 음악이었던 케이팝이 본격적으로 '국제적 음악'이 된 2000년대 후반부터 더욱 강해졌다. 기획사들은 소속 가수가 국내 시장뿐만 아니라 중국과 일본을 중심으로 한 해외 시장에서 활동할 것을 전제 조건으로 그룹을 구성하고 음악을 만들기 시작했으며, 거기에 맞게 가수들을 준비시켰다. 중국과 대만, 일본, 태국 등 동아시아 출신 멤버를 그룹에 포함시킨다거나, 연습생 때부터 중국어와 일본어를 교육한다거나, 중국어와 일본어로 된 앨범·싱글을 발매하는 등의 활동은 모두 케이팝의 국제화를 위한 전략의 일부라고 할 수 있다.

특히 3세대는 과거와는 비교도 할 수 없을 만큼 세계화된 세대다. 걸 그룹 트와이스는 9명의 멤버 중 4명이 외국인이며, 아이즈원IZ*ONE은 일본 기획사와 한국 기획사가 합작하여 만든 그룹이다. 심지어 EXP 에디션EXP Edition이나 지보이즈Z-Boys · 지걸즈Z-Girls 같은 그룹에는 한국인 멤버가 없다. BTS는 한국보다 미국을 중심으로 한 해외에서 먼저 이름을 알린 후 그 인기를 바탕으로 한국에서 더 큰 인기를 얻게 된 역수입 사례다. 케이팝이 지역 음악의 범주를 넘어 글로벌 대중음악의 한 장르가 된 지금, 케이팝 가수들에게 해외 시장 진입은 더 이상 신기하거나 놀라운 일이 아니다. 음악과 가수뿐만 아니라 국내 수용자들이 케이팝을 즐기는 방식까지도 해외 수용자들에게 '수출'되고 있다. 케이팝이 생산과 소비 양쪽에서 점차 지역성을 벗어나고 있는 셈이다.

그러나 케이팝이 아무리 국제적인 성공을 거두며 글로벌 수용자들에게 향유되고 있다고 해도, 국내외 수용자 모두 케이팝을 한국과 분리될 수 있는 보편적인 음악 장르로 여기지는 않는다. 국내외 대중은 여전히 케이팝을 한국 문화의 일부로 여긴다. 케이팝이 '한국의 것'으로서의 특수성을 유지해주길 바라는 이들도 많다. 가령 다수의 국내 케이팝 팬과 미디어는 케이팝을 '한국 문화의 대표 선수'로 여긴다. 'BTS가 훌륭한 이유는 그들이 한국말로 노래를 부르면서 해외에서 성공을 거뒀기 때문이다. 케이팝은 한국말로 가사를 써야 하는 음악이며, 영어나 일어로 만들면 케이팝이 아니다' 같은 주장은 한국을 대표하는 케이팝의 위상과 한국인들이 케이팝에 갖는 기대치를 시사한다.[5] 외국 팬들도 크게 다르지 않다. 케이팝 음악에 한국어가 아닌 영어(혹은 일본어) 가사를 붙이는 것에 오히려 해외 팬들이 거부감을 표시하기도 하고, 한국인이 아닌 가수들이 케이팝 음악을 재현하려 하는 시도에 생경함을 느끼는 이들도 많다. 만일 케이팝이 한국이라는 범주를 벗어나 록이나 재즈, 힙합처럼 일반적인 대중음악 장르로 자리 잡았다면, 그것을 어떤 언어로 부르건 어떤 나라 사람이 구현하건 별다른 문제가 될 이유가 없다. 하지만 케이팝은 다른 장르들과는 달리 특정한 국가 및 인종·민족적 요소와 강하게 묶여 있다. 이는 글로벌 문화 상품으로서 케이팝이 추구하는 초국가성transnationality과 때때로 충돌을 일으킨다.

이 책은 케이팝의 양면성과 이로 인해 벌어지는 갈등 양상을 다양한 사례를 통해 살펴본다. 이를 통해 케이팝 산업의 변화를 전망할 수 있다. 지역 음악이자 세계화·국제화에 성공한 글로벌 음악으로서 케이팝이 갖는 독자적인 특성과 이것이 구체적으로 구현되는 방식, 두 양면적인 성격이 야기하는 갈등과 충돌, 이것이 케이팝 산업에 미치는 영향을 다룬다. 이는 글로벌 인기 장르로 자리 잡은 케이팝이 앞으로 나아가게 될 방향에 대한 전망이기도 하다.

케이팝은 한국적인가

한국에서 탄생한 글로벌 음악 장르

케이팝은 1990년대 말부터 동아시아 시장을 중심으로 자신만의 특징을 지닌 하나의 독자적인 장르로서 자리 잡기 시작해 2000년대 말 이후 동아시아 바깥으로 범위를 확장해 왔다. 그런데 케이팝을 주제로 다양한 대중 강연을 하다 보면, 종종 케이팝이 한국 음악이라기보다는 외국 음악의 변종, 혹은 모방이 아니냐는 질문을 받게 된다. 이런 의견은 케이팝이 '한국적인 것'과는 별 관계가 없는 음악이기 때문에, 케이팝의 글로벌한 성공과 한류는 정작 한국 문화와 별 관련이 없다는 지적으로 이어진다. 세계적으로 성공한 삼성 스마트폰이나 현대 자동차처럼, 케이팝 역시 일종의 '상품'에 불과하다는 주장이다.

반면 케이팝이 매우 한국적이라고 주장하는 이들도 있다. '〈강남스타일〉은 휘모리장단에 바탕을 둔 음악'이라고 주장했던 한 국악인이 대표적이다.[6] 소위 '국뽕'[7]에 심취한 주장처럼 보이긴 하지만 일리가 없는 것은 아니다. 〈강남스타일〉은 분명 글로벌 대중음악 장르인 EDM(전자 댄스 음악)에 바탕을 두고 있지만, 한국에서 만들어진 음악이기에 다른 나라에서 만들어진 EDM과는 분명 차이가 있다. 이 음악가는 국악인으로서 국악 장단과의 연관성에서 그 차이를 발견하려 한 것이다.

케이팝에 대한 이러한 상반된 관점은 어떤 면에서는 모두 옳다. 케이팝은 글로벌 대중음악으로서의 보편성과 지역 음악의 특수성을 모두 가진 음악이기 때문이다. 이런 특성은 장르 이름에서도 드러난다. 케이팝은 한국Korea에서 탄생한 글로벌 대중음악pop이다.

전 세계 대중음악은 보편적인 글로벌 음악 장르를 받아들이며 비슷해졌지만, 동시에 지역 특수성이 가미되며 다양한 형태로 분화되어 왔다. 그리고 '글로벌 시장에서 성공한 지역 음악'이라는 특수한 위치에 있는 케이팝은 두 경향의 결합과 갈등을 매우 분명하게 보여 준다. 음악 연구자 신현준은 이를 '팝 국제주의와 가요 민족주의 간의 대립'이라고 표현했다. 케이팝이 글로벌 보편성과 지역 특수성을 모두 갖추고 있으며, 케이팝 안에서 두 특성이 대립하고 있다는 의미다.[8]

보편적인 동시에 특수한

20세기 초반 이후 글로벌 대중음악의 중심은 영국과 미국이다. 1920~1930년대 미국에서 발현한 재즈 음악이 전 세계의 대중음악으로 자리 잡으면서 시작된 미국 대중음악의 영향력은 1950~1960년대 로큰롤의 히트를 통해 더욱 공고해졌다. 이후 포크, R&B·소울, 디스코, 팝 록, 그리고 최근 약 20년간 가장 인기 있는 장르인 힙합과 하우스까지, 미국에서 등장해 주류가 된 장르는 즉시 전 세계로 퍼져 나갔다.

비틀즈The Beatles와 레드 제플린Led Zeppelin, 엘튼 존Elton John, 퀸Queen 등을 배출하며 미국을 포함한 전 세계에 큰 영향을 끼쳐 온 영국의 영향력도 무시할 수 없다. 따라서 음악 연구자들은 보통 '영미 대중음악Anglo-American popular music'이라는 용어로 두 나라의 대중음악이 가진 중심center으로서의 위치를 표현한다. 상대적으로 주변periphery에 위치한 전 세계 거의 모든 나라들은 영미 대중음악으로부터 큰 영향을 받았고, 이를 바탕으로 자국 대중음악을 발전시켜 왔다.

한국 역시 영미 대중음악의 영향을 받았다. 현재 국내 음악 팬들로부터 가장 큰 인기를 얻고 있는 힙합과 케이팝, R&B를 비롯해 록, 포크, 발라드, 재즈 등 국내 모든 대중음악 장르는 영미 대중음악에 뿌리를 두고 있다. 한국 대중음악은 영미 대중음악과 함께 일본 대중음악의 영향도 받았다. 종종 '전통 가요'라고도 불리는 트로트마저도 실제로는 우리나라 전통 음악보다는 영미 대중음악과 그로부터 영향을 받은 일본 대중음악에 연원을 두고 있다.[9]

영미 대중음악 장르들이 보편성을 가진 '글로벌 스탠더드'로 자리 잡으며 지역 음악이 이를 기준으로 통합되는 양상은 심화되고 있다. 커뮤니케이션 기술의 발달과 미디어의 세계화로 인해 글로벌 스탠더드인 영미 음악과 지역 음악 사이의 시공간이 압축되었기 때문이다.

과거에는 영미 최신 음악 사조가 우리나라와 같은 주변부 지역까지 전해지는 데에 제법 시간이 걸렸다. 물리적·경제적 거리 때문에 시차가 존재한 것이다. 또한 국가의 음악 수입 금지 정책과 검열 등으로 인해 음악이 넓은 대중에게 폭넓게 소개되지 못하는 경우도 많았다. 1960년대 영미 음악계를 풍미했던 포크와 청년 문화 붐이 우리나라에는 1970년대에 본격적으로 꽃을 피우고, 1970년대 말에서 1980년대 초중반 전 세계를 강타한 댄스 음악 열풍이 1980년대 말~1990년대 초반이 되어서야 국내에서도 구현되기 시작했던 것은 중심과 주변부 사이에 존재했던 시차를 보여 준다. 더불어 일본 음악에 대한 표절 스캔들로 얼룩졌던 1990년대 국내 '신세대 댄스 음악'의 사례는 국가의 정치적 상황으로 인해 해외 음악을 본격적으로 접할 수 없어 생겼던 시차로 인한 일종의 부작용이었다.[10]

그러나 한국의 경제 성장과 민주화, 인터넷의 발달과 대중화, 글로벌 미디어 산업의 한국 진출 등이 동시다발적으로 진행되며 한국과 중심부 사이의 공간이 압축된 1990년대 후반 이후에는 한국과 글로벌 음악 산업 사이에 존재하던 시차가 거의 사라졌다. 이후 한국 음악 산업은 글로벌 트렌드를 곧바로 받아들여 왔다. 1990년대 '황금시대'라고 불리며 전성기를 누린 미국의 힙합 음악이 국내에서는 2000년대 초반이 되어서야 본격적으로 젊은이들의 음악으로 자리 잡았지만, 2010년대 말 현재에는 글로벌 최신 힙합 트렌드와 국내 힙합의 음악 질감이 그렇게 차이나지 않는다.

케이팝은 다른 여러 나라의 대중음악과 마찬가지로 한국 고유의 음악적 전통보다는 영미 대중음악 장르로부터 영향을 받은 글로벌한 보편성을 바탕으로 만들어지고 발전해 왔다. 이 과정에서 일본 대중음악의 영향도 크게 받았지만, 넓게 보면 이 역시 한국성의 영역보다는 국제성internationality 혹은 글로벌합globality의 영역에 포함되는 것이라고 할 수 있다. 특히 미디어 커뮤니케이션 기술의 발전과 급속한 세계화로 인해 한국 대중음악 속의 글로벌 보편성은 더욱 강화되고 있다. 휘모리장단보다는 힙합 비트와 하우스 리듬을 기반으로 하는 현 케이팝은 음악적으로 글로벌 대중음악과 큰 차이를 보이지 않고 있다. 이는 케이팝이 팝으로서 다양한 지역의 수용자들에게 쉽게 다가갈 수 있는 중요한 이유다.

하지만 음악의 글로벌한 보편성에도 불구하고 케이팝은 영미 음악처럼 그저 팝pop이라고 불리지 않고 접두어 케이K와 결합된 장르명으로 불린다. 이는 한국 출신인 케이팝이 태생적으로 갖고 있는 특성에 기인한다. 한국적인 맥락에서 생산·유통·소비되는 음악인 이상, 아무리 음악 측면에서 외국의 영향을 크게 받았다고 해도 담고 있는 내용은 영미 글로벌 팝 음악과 다를 수밖에 없다.

힙합의 원조는 미국이고, 우리나라를 포함한 전 세계 수많은 수용자와 창작자들은 미국 힙합의 음악적 요소는 물론 그것과 결부된 문화까지도 모두 받아들이고 따라 하기 위해 노력해 왔다. 하지만 힙합이라는 음악 형식 속에 담긴 미국적인 특성, 가령 인종 문제나 물질 중심주의, 여성에 대한 뒤틀린 묘사 등은 한국의 현실에서는 이해도 잘 안 되고 받아들이기도 어렵다. 게다가 영어 가사를 통해 만들어 내는 라임rhyme은 한국어 가사에서 그대로 구현하기 어렵다. 단지 원조라는 이유로 미국 힙합의 스웨그swag나 라임 만드는 방식을 따라 하려고 할 경우, 억지스럽거나 우스꽝스럽게 보일 수 있다. 반면 보편적인 힙합의 음악 형식 위에 한글로 라임을 구현하거나 한국에서 직접 살아가며 겪고 생각한 다양한 소재의 이야기를 풀어 내면 미국 힙합의 단순 모방이나 변종이 아닌, 한국의 음악이 되어 수용자들의 공감을 얻는다.

케이팝 역시 이와 크게 다르지 않지만, 본래의 장르명을 그대로 사용하는 한국 힙합과는 달리 글로벌 음악 산업으로부터 독자적인 장르명을 부여받았다. 그런데 케이팝 말고도 국명 혹은 지역의 이니셜과 팝이 결합된 이름으로 불리며 국제적인 성공을 거둔 지역 음악들이 있다. 제이팝, 캔토팝

Cantopop[11], 스웨디시 팝, 라틴 팝 등이다. 실제로 케이팝이 처음 동아시아권에서 인기를 얻기 시작할 무렵, 많은 이들이 케이팝을 제이팝 혹은 캔토팝과 비교하곤 했으며, 실제로 해당 음악들과 케이팝은 여러 가지 면에서 공통점이 있다.

케이팝의 인기가 동아시아를 넘어 전 세계로 확장되기 시작한 2010년대부터 케이팝은 영미권에 널리 알려진 스웨디시 팝, 라틴 팝 등과 비교되기 시작했다. 이들 음악과 케이팝을 비교해 보면, 케이팝이 갖고 있는 지역 음악으로서의 특수성이 더욱 분명하게 드러난다.

아바와 싸이는 왜 다른가

스웨덴의 대중음악인 스웨디시 팝은 1970년대 후반 혼성 그룹 아바Abba의 국제적인 성공을 통해 최초로 글로벌 수용자들에게 이름을 알렸다. 이후 록시트Roxette, 에이스 오브 베이스Ace of Base, 카디건스The Cardigans, 아비치Avicii, 리케 리Lykke Li, 토브로Tove Lo 등이 스웨디시 팝을 대표하는 가수들로 기록되어 왔다. 스웨덴 출신의 작곡가 겸 프로듀서로 브리트니 스피어스Britney Spears, 테일러 스위프트Taylor Swift, 아리아나 그란데Ariana Grande 등에게 히트곡을 선사한 맥스 마틴Max Martin 역시 스웨디시 팝을 대표하는 음악인이다. 스웨디시 팝의 상업적인 성공은 2010년대에도 꾸준히 이어지고 있다. 2012년 5월에는 빌보드 싱글 차트 'Hot 100'의 1위부터 10위곡 중 절반이 스웨덴 음악인이 작곡·프로듀싱한 곡이었다.

서구 국가이긴 하지만 비영어권 국가이자 글로벌 음악 산업의 중심에서 다소 비껴 나 있는 스웨덴의 대중음악이 글로벌 수용자들의 꾸준한 지지와 사랑을 받을 수 있었던 이유는 무엇일까? 이에 대해 스웨덴의 음악 연구자 올라 요한슨Ola Johansson은 다음과 같이 분석했다.[12] 우선 아바 이후 많은 스웨덴 가수들이 의식적으로 글로벌 수용자들의 취향을 겨냥한 음악을 제작했고, 이것이 먹혀들었다. 그리고 영어를 거의 모국어 수준으로 구사하는 스웨덴 사람들답게 스웨덴어가 아닌 영어 앨범을 발매해 글로벌 시장을 공략했다.[13] 스웨덴 음악계는 미디어 세계화에 발맞춰 해외 시장 공략에 산업 역량을 집중했고, 정부는 대중음악 육성을 위한 지원 정책을 수립하여 꾸준히 시행했다.

스웨디시 팝은 처음부터 세계 시장에서의 성공을 겨냥해서 만들어진 음악이었다. 스웨덴은 영어 가사, 글로벌 트렌드 수용, 국가의 지원 등과 같은 다양한 방법을 통해 스웨디시 팝을 영미 음악 못지않은 음악으로 만들기 위해 노력해 왔다. 실제로 스웨디시 팝을 들어 보면, 사전 정보 없이는 영미 음악인지 스웨디시 팝인지 파악하기 쉽지 않다. 스웨디시 팝은 글로벌 보편성을 최대한 강조하는 전략으로 성공한 경우다.

이러한 전략은 케이팝에서도 발견할 수 있다. 특히 〈강남스타일〉이후 보다 넓어진 시장을 등에 업고 등장한 케이팝 3세대는 연습생 트레이닝과 그룹 결성 단계에서부터 이미 해외 시장을 염두에 둔다. 또한 언제나 글로벌 최신 음악 트렌드를 적극적으로 수용하려고 노력한다는 점, 미디어 커뮤니케이션 기술 발달과 세계화가 글로벌 진출 기회를 제공했다는 점, 케이팝 특유의 육성·관리 시스템을 통해 인적·물적 역량을 집중하여 글로벌 시장에서 성과를 내고 있다는 점 역시 스웨디시 팝과의 공통점이다.

그러나 이러한 공통점에도 불구하고 케이팝과 스웨디시 팝에는 분명한 차이점이 있다. 음악적인 차이도 있지만(스웨디시 팝이 좀 더 다채로운 음악을 포괄한다), 그보다는 두 음악이 글로벌 수용자들에게 호소력을 갖는 이유에서 오는 차이가 크다. 스웨디시 팝이 영미 음악과의 유사함을 통해 글로벌 수용자들에게 접근한다면, 케이팝은 유사함뿐만 아니라 다름까지도 매력으로 내세운다. 대표적으로, 많은 케이팝 가수들이 영어로 된 음반을 발매해 왔지만 정작 세계 시장에서 큰 성공을 거둔 음악은 한국어 음악이었다. 인종·민족적 구성도 이질적이다. 스웨디시 팝은 주로 영미 음악의 주류인 북유럽계 백인으로 구성되어 있지만, 케이팝은 한국계, 중국계, 일본계 등 동아시아계 민족으로 구성되어 있다. 게다가 옷차림과 무대 퍼포먼스, 독자적인 스타일의 뮤직비디오 등에서도 케이팝은 전형적인 주류 영미 음악과 차별화된다.

세계적으로 성공한 비영어권 음악이라는 공통점에도 불구하고, 케이팝과 스웨디시 팝은 상당히 다르다. 스웨덴은 북유럽 국가로서 글로벌 시장의 주류인 영미 음악과 문화적으로 근접한 반면, 한국은 비영어권인 동시에 비서구권이므로 문화적 차이가 크다. 아무리 글로벌 보편성을 갖기 위해 노력해도 케이팝이 스웨디시 팝처럼은 될 수 없다는 뜻이다.

달라서 매력적인 음악

일반적으로 라틴 팝은 라틴 아메리카나 스페인 등 스페인어권에서 만들어진 대중음악을 뜻한다. 하지만 넓은 의미로는 스페인어 음악, 혹은 스페인어권에서 만들지 않았더라도 라틴 음악 특유의 독특한 비트와 멜로디 라인으로 이루어진 곡을 모두 포함하기도 한다.[14]

라틴 팝의 잠재적 수용자는 라틴 아메리카 대륙 거주자들과 북미에 많이 거주하는 라틴 아메리카 출신 이민자들이다. 최근 들어 많은 팬들의 주목을 받고 있는 라틴 팝은 사실 꽤 오랜 시간 동안 국제적인 인기를 얻어 왔다. 자메이카계 미국인으로 미국을 포함한 전 세계에서 사랑을 받았던 가수 해리 벨라폰테Harry Belafonte, 스페인 출신의 훌리오 이글레시아스

Julio Iglesias와 그의 아들 엔리케 이글레시아스Enrique Iglesias, 리키 마틴Ricky Martin, 글로리아 에스테판Gloria Estefan, 샤키라Shakira 등이 대표적이다. 2017년에는 푸에르토리코 출신 가수 루이스 폰시Luis Fonsi의 〈Despacito〉가 빌보드 Hot 100에서 무려 16주 연속 1위를 기록하며 라틴 팝 유행을 재점화했고,[15] 그 결과 현재 라틴 팝은 케이팝과 함께 글로벌 시장에서 가장 인기 있는 비영어권 음악의 양대 산맥으로 여겨지고 있다.

최대한 영미 음악과 가깝게 만들면서 글로벌 보편성을 추구한 스웨디시 팝과는 달리, 라틴 팝은 '다름'을 전면에 내세운다. 독자적인 스타일의 리듬과 멜로디로 이루어져 있기 때문에 팝, 록, 힙합 등 어떤 장르와 결합해도 라틴 팝으로서의 정체성을 갖게 된다. 스페인어 가사 역시 라틴 팝을 영미 팝과 차별화는 요소다.[16] 케이팝이 글로벌 인기 음악 장르를 바탕으로 하고 있음에도 한국어 가사를 통해 자신의 지역적 정체성을 확고히 하고 있는 것과 유사하다.

디지털 미디어의 확산과 스마트폰 대중화 등과 같은 기술적 진보 덕분에 잠재적인 수용자들이 결집했고, 그 결과 영미 음악 시장에서도 큰 성공을 거두었다는 점 역시 라틴 팝과 케이팝의 공통점이다. 과거에는 영미권의 음반사 및 유통사나 라디오, TV 등의 주류 미디어가 일종의 게이트 키퍼로서 글로벌 음악 산업을 장악하고 있었다. 그러나 2000년대 중반 이후 스포티파이Spotify, 유튜브Youtube 같은 인터넷 기반 미디어 플랫폼을 통해 음악이 소비되면서 환경이 크게 달라졌다. 비서구·비영어권 음악이 틈새시장으로 진입할 수 있는 길이 열린 것이다.

게다가 세계화와 디지털화가 급속히 진행된 1990년대 중반에서 2000년대 중반 사이 출생한 Z세대Generation Z는 다름에 대해 과거보다 비교적 열린 태도를 지니고 있기 때문에, 영어가 아니라고 해도 음악 그 자체를 즐길 수 있으면 크게 개의치 않는 경우가 많다. 다름에 대한 이들의 쿨한 태도, 심지어 다르기 때문에 더욱 매력적이라고 생각하는 취향은 라틴 팝과 케이팝이 전 세계로 인기를 확장할 수 있었던 이유였다.

그러나 라틴 팝은 케이팝이나 스웨디시 팝과는 달리 국가 정체성을 전면에 내세우지 않는다. 라틴 팝의 '라틴'은 라틴 아메리카를 중심으로 한 스페인어권 전반을 포괄하는 넓은 개념이다. 이 안에는 매우 다양한 음악이 존재하며, 심지어 유럽에 속한 스페인 가수가 부른 음악마저도 라틴 팝에 포함된다. 즉 라틴 팝은 음악 장르로서는 지나치게 넓은 함의를 담고 있는 모호한 개념이다. 비록 '글로벌 젊은이들이 좋아하는 비영어권 음악'이라는 공통점으로 인해 최근 라틴 팝과 케이팝을 비교하는 일이 잦지만, 비영어권·비서구권이라는 국가(지역) 정체성이 여전히 뚜렷한 케이팝과는 달리 라틴 팝은 특징적인 음악 스타일을 통해 장르 정체성을 확립하고 있는 경우다. 글로벌한 성공을 거둔 케이팝 가수들 대부분이 한국 출신인 반면, 국제적인 라틴 팝 가수들은 대체로 어린 시절 미국으로 건너왔거나 미국에서 태어난 이민자들의 후예라는 점은 두 음악의 지역 정체성 차이를 여실히 드러낸다. 라틴 팝은 영미 음악의 하위 장르 중 하나로 여겨질 수 있지만 케이팝은 그렇게 될 수 없다. 케이팝은 이국적인 것exoticism에 바탕을 두고 있는 일종의 월드 뮤직World Music이기도 하기 때문이다.

1980년대부터 널리 쓰이기 시작한 용어인 월드 뮤직은 비영어·비서구 음악을 통칭하는 용어로 널리 사용되었다. 이 용어는 영미 음악 산업에서 처음 만든 것으로, 글로벌 주류 영미 음악과 구분되는 소위 '제3세계'의 다양한 민족 음악과 전통 음악을 주로 일컫는 말이었다. 이후에 다양한 지역의 음악 요소와 영미 음악 장르가 결합된 퓨전 음악들을 모두 아우르는 용어로 발전했다. 아프리카, 브라질, 파키스탄 등의 음악을 영미 음악과 결합한 혼종 음악을 선보였던 폴 사이먼Paul Simon과 피터 가브리엘Peter Gabriel을 비롯하여 딥 포레스트Deep Forest, 라이 쿠더Ry Cooder 등이 대표적인 월드 뮤직 가수들이다. 1990년대부터는 영미 음악인과의 협연을 통해서만 소개되었던 비영어·비서구권 월드 뮤직 가수들이 직접 글로벌 음악 시장에 진출하기 시작했다. 켈틱 음악Celtic Music의 요소를 전면에 내세운 아일랜드 출신의 엔야Enya, 세네갈 출신의 싱어송라이터 유수 은두르Youssou N'Dour, 스리랑카계 영국인 2세로 남아시아의 음악과 힙합·EDM을 뒤섞었던 엠아이에이M.I.A. 등이다. 이들은 보편적인 영미 음악 요소와 지역 음악의 혼종을 통해 기존 장르로 정의하기 어려운 새로운 종류의 음악을 만들어 냈다.

이러한 측면을 보면 케이팝 역시 월드 뮤직의 일종이라고 할 수 있을 것이다. 영미 음악 장르를 기반으로 하고 있지만 거기에 한국 정서에 잘 맞는 멜로디 라인이나 독특한 창법, 음색을 결합하거나 무대 위에서 군무를 추고 독특한 비주얼 이미지를 구축하는 식으로 일반적인 영미 음악 장르 카테고리로 구분하기 쉽지 않은 혼종적인 색채를 드러낸다. 특히 글로벌 음악 팬들에게 익숙하지 않은 한국어 가사를 통해 생경함을 주는 동시에 문화적 정체성을 분명하게 드러낸다. 실제로 일부 글로벌 음악인들은 케이팝을 '월드 뮤직 2.0' 시대를 이끌어 나갈 대표적인 음악으로 보기도 한다.[17]

그러나 비영어·비서구권의 혼종 음악이라는 공통점에도 불구하고 케이팝은 일반적인 월드 뮤직과는 상당히 다르다. 사실 월드 뮤직이라는 장르 자체가 영미 중심의 글로벌 대중음악과의 비교·대조를 통해 만들어진 것이기 때문에 정의가 매우 모호하다. 극단적으로는 비영어·비서구권의 모든 음악을 월드 뮤직이라고 볼 수도 있는데, 이 경우 해당 음악들 사이에 존재하는 크고 작은 차이들을 모두 부정하는 지극히 영미, 서구 중심적인 개념이 된다. 특히 월드 뮤직은 비영어·비서구권의 전통 음악에 기초하는 것을 전제로 하는데, 이 전통 음악에 대한 해석은 매우 자의적이다. 따라서 월드 뮤직이라는 장르 자체가 '우리와는 다른 그들'의 이국적인 문화에 대한 편견에 기초한 일종의 오리엔탈리즘으로 해석될 여지가 있다.

이에 대해 음악학자 티모시 테일러Timothy Taylor는 '월드 뮤직은 필연적으로 이국적인 특성을 추구할 수밖에 없다'고 주장한다.[18] 이는 영미 음악 중심의 글로벌 시장에서 수용자들이 비영어·비서구권 음악을 택하는 이유와 연관된다. 글로벌 팝 음악과 큰 차이가 없다면 수용자들이 굳이 그 음악을 선택하지 않기 때문이다. 월드 뮤직은 다름이라는 가치를 중심으로 영미 음악 산업이 범주화한 장르다. 따라서 성공적인 월드 뮤직을 만들기 위해서는 글로벌 보편성을 확보하면서도 확실하게 차별화되는 이국적인 요소를 담는 것이 매우 중요하다. 하지만 이는 월드 뮤직을 서구 중심적인 시선에 가두면서 장르의 음악적 확장성을 제한하게 된다.

케이팝은 월드 뮤직이 요구하는 전통적인 요소를 거의 담고 있지 않으며, 오히려 전통 음악을 벗어나 보편적인 글로벌 음악 장르를 받아들이고 그것을 한국적인 맥락에서 구현하기 위한 노력의 과정 속에서 형성되었다. 따라서 K로 표상되는 국가·지역 정체성을 강하게 담고 있을지언정 기본적으로 글로벌 보편성을 지향하고 있다. 그리고 이 때문에 특이함과 세련미를 동시에 원하는 전 세계 젊은이들의 지지를 받을 수 있었다. 일반적으로 이국적인 요소를 강조하는 월드 뮤직과는 달리, 케이팝은 한국성을 의도적으로 전면에 내세우지는 않는다.

케이팝에는 글로벌한 보편성과 함께 지역의 특수성이 강하게 반영되어 있다. 글로벌 음악 산업의 중심에서 성공한 동아시아 음악이 여전히 흔치 않은 상황에서 케이팝의 지역 정체성인 K는 필연적으로 케이팝에 특별한 개성을 부여한다. 한글 가사, 음악을 혼합하는 방식, 무대 퍼포먼스와 춤, 의상, 뮤직비디오, 기획사-아이돌 시스템, 도덕주의 원리 강조, 팬덤의 수용 방식 등이 모두 결합되어 독특한 특징이 형성되었다. 따라서 케이팝은 전통적인 의미에서 한국적이지는 않지만, 글로벌 보편성과 차별화되는 독자적인 지역 정체성을 갖는다는 점에서 매우 한국적이다.

2장은 이규탁의 저작 〈BTS: 새로운 세대의 리더〉, 북저널리즘, 〈Z세대, 진정성, 'K': BTS의 성공이 보여 주는 것들〉,《안과밖》, 47, 208-234쪽을 수정·편집한 내용을 포함하고 있다.

BTS, 글로벌 팝 스타와
한국의 아이돌 사이

케이팝의 안티테제

형형색색으로 염색한 머리와 짙은 화장을 한 일곱 명의 한국 청년들이 부르는, 젊은 취향의 한국어 댄스 음악, 화려한 군무와 엄청난 난이도의 무대 퍼포먼스, 화사하고 독특한 색감으로 보는 이들의 눈을 사로잡는 뮤직비디오, 그리고 그룹을 물심양면으로 지원하고 관리하는 기획사와 충성도 높은 팬덤. BTS는 케이팝의 일원이 분명해 보인다.

그러나 BTS가 지금까지 걸어온 길을 살펴보면, 이들을 전형적인 케이팝 아이돌 그룹이라고 하기는 어려운 측면도 있다. 아이돌 음악 전문가 미묘는 '방탄소년단은 케이팝의 안티테제에 가깝다'고 말한다.[19] BTS가 해외 시장에서 크게 성공할 수 있었던 이유는 일반적인 케이팝 그룹과는 반대 방향으로 움직였기 때문이라는 것이다. 이들은 기존의 케이팝 그룹과는 다른 성장 과정을 거쳐 글로벌한 성공을 거둔 아웃라이어outlier, 즉 예외적인 존재이므로 일반적인 케이팝의 범주에 포함시키기 어렵다는 의미다. 심지어 일부 평론가들은 BTS가 케이팝이 아닌 '힙합을 바탕으로 한 글로벌 틴 팝teen pop 스타'라고 주장한다.[20] 미국 시장에서 먼저 신곡을 공개하고, 한국보다 해외에서 훨씬 더 인기가 많으며, 세계적인 가수처럼 월드 투어를 매진시키고 한국보다 해외에서 더 많은 시간을 보내는 BTS는 이제 케이팝을 넘어선 것으로 보이기도 한다.

BTS가 케이팝의 예외적인 존재, 심지어 안티테제라고 불릴 수 있는 이유는 무엇일까? 그리고 정말 이들은 이제 케이팝의 K를 떼어 내고 팝 가수로 거듭났을까?

바닥에서 성장한 아티스트

BTS를 글로벌 보편성을 갖춘 팝 가수로 볼 수 있는 가장 확실한 근거는 음악이다. 최신 힙합과 EDM을 중심으로, R&B, 팝, 록 등 다양한 장르의 요소가 담긴 BTS의 음악은 현재 글로벌 시장에서 인기를 얻고 있는 주류 음악 스타일과 크게 다르지 않다. 이러한 글로벌 보편성 덕분에 BTS는 체인스모커스The Chainsmokers, 니키 미나즈Nicki Minaj, 스티브 아오키Steve Aoki 등 다양한 장르의 글로벌 팝 스타들과 어렵지 않게 협업할 수 있었다.

BTS는 시작부터 일반적인 케이팝 아이돌보다는 글로벌 가수들과 비슷했다. 원래 아이돌이 아닌 힙합 그룹을 목표로 결성된 팀이었기 때문이다. 힙합 가수가 갖춰야 하는 가장 중요한 덕목은 다른 사람이 써준 것이 아닌, 내 경험과 생각을 바탕으로 내가 쓴 가사와 음악으로 청중과 소통해야 한다는 점이다. 전문 프로듀서와 작사가들이 써준 노래를 부르는 것이 보통인 일반적인 케이팝 아이돌과 차별화되는 부분이다.

힙합 가수의 정체성을 갖고 출발한 BTS는 데뷔 초부터 스스로 만든 곡으로 활동하기를 선호했고 소속사인 빅히트 엔터테인먼트도 이를 장려했다. 이들이 데뷔 초기 찍었던, 미국의 유명 힙합 가수들로부터 '본토' 힙합을 배운다는 콘셉트의 엠넷Mnet 리얼리티 프로그램 〈방탄소년단의 아메리칸 허슬 라이프〉는 이를 잘 보여 준다. 소위 '아티스트'로서의 정체성을 갖기 위해 노력하고 소속사에서 이를 적극 지원하는 것은 케이팝 특유의 비즈니스 모델보다는 글로벌 팝 시스템의 보편적인 소속사-가수 관계에 가깝다.

사실 어린 나이의 과도한 훈련이나 소속사의 지나친 간섭·통제, 무리한 스케줄 강요, 불평등한 계약 등 케이팝 시스템의 인권 침해 문제는 언제나 뜨거운 감자였다. 특히 개인의 자율성과 인권에 민감한 서구 팬들과 미디어에게 이는 항상 비판의 대상이기도 했다.[21] 그런데 빅히트는 BTS에게 창작의 자율성과 함께 의사 결정권도 존중하려 노력했다. 순회공연 후 충분한 휴식을 보장한다든가, 원치 않는 활동을 강요하지 않고 아티스트가 참석하고자 하는 행사는 스케줄을 조정해서 시간을 만드는 등 빅히트는 다양한 방식으로 BTS의 음악인으로서의 인간적인 삶을 보장하기 위해 애쓰고 있다. 이는 케이팝을 좋아하지만 배후의 인권 문제를 알고 나서는 약간의 찜찜함을 느꼈던 해외 케이팝 팬들이 자율성을 가진 보편적인 아티스트상에 가까운 BTS를 지지하게 된 중요한 이유다.

게다가 BTS는 체계적인 시스템과 팬덤을 갖춘 대형 소속사가 아닌 중소 기획사에서 탄생했다. 이들의 성공을 더욱 빛나게 해주는 '흙수저 아이돌의 성공기'라는 스토리텔링 역시 3대 기획사 소속이 대부분인 다른 글로벌 인기 케이팝 그룹과 다른 점이다. 현재 케이팝 '3대 기획사'로 불리는 SM 엔터테인먼트, JYP 엔터테인먼트, YG 엔터테인먼트는 15~20년 이상에 걸친 성공적인 브랜딩을 통해 소속 가수뿐만 아니라 기획사 자체가 충성도 높은 팬을 다수 확보하고 있다. 따라서 3대 기획사를 통해 데뷔하는 아이돌 그룹은 데뷔 전부터 소속사의 강력한 지원과 국내외 팬들의 많은 관심을 얻을 수 있는, 중소 기획사 소속 아이돌과는 출발선부터 다른 케이팝계의 '금수저'다. 실제로 이들 그룹은 데뷔 즉시 국내외 팬들에게 매우 빠르게 알려지며 인기를 얻는다. 그런데 다른 글로벌 인기 그룹들과는 달리 BTS는 데뷔 당시 국내 미디어의 지원도, 확고히 구축되어 있는 소속 기획사 팬덤의 지지와 관심도 기대할 수 없을 만큼 작은 기획사였던 빅히트 소속이다. 따라서 이들이 해외 팬에게 인정받은 방식도 다른 글로벌 케이팝 그룹들과 다를 수밖에 없었다. 기획사의 이름값이 아닌 스스로의 힘과 노력, 실력, 팬들과의 끊임없는 직접 소통 등을 통해 스스로 해외 시장에 진출했고, 그 결과 밑바닥부터 차근차근 팬덤을 형성했다. 위에서부터 아래로 팬층을 확장한다고 볼 수 있는 대형 기획사 소속 그룹과는 달리 아래에서부터 위로 쌓아 올린 것이다. BTS를 전형적인 케이팝 그룹이라고 보기 어려운 이유다.

한국인이 한국어로 부르는 노래

그럼에도 BTS는 여전히 다른 케이팝 아이돌과 많은 특성을 공유한다. 이 특성은 한국이라는 BTS의 국가 정체성과 밀접한 관련이 있다.

이들은 힙합, EDM, R&B 등 보편적인 글로벌 음악 장르에 기반해 음악을 만들지만, 음악을 구체화하는 방식은 여전히 케이팝의 문법에서 크게 벗어나 있지 않다. 케이팝 장르의 근간은 하이브리드hybrid, 즉 혼종이다. 케이팝은 글로벌 장르에 지역의 맥락이 결합해 만들어지는 '비슷하면서도 다른' 어떤 것이다. 글로벌 보편성을 지닌 대중 친화적인 멜로디 라인과 코드 진행을 따르면서도 곡의 일부분을 집요할 정도로 반복적으로 제시하는 후크 송 스타일의 구성 위에 글로벌 최신 힙합 혹은 EDM의 리듬 패턴 여러 개를 살짝 변형하여 덧씌우고 연결하는 것은 혼종 장르로서 케이팝의 개성이다. 이러한 스타일은 이미 글로벌 팬과 미디어, 음악 전문가 모두에게 케이팝적인, 혹은 한국적인 요소로 여겨지고 있다.

노래를 먼저 만들고 이에 맞춰 안무와 무대 퍼포먼스 등을 구상하는 일반적인 팝 음악과 달리, 케이팝은 음악과 가사, 안무, 무대 퍼포먼스, 의상 등을 하나의 일관된 콘셉트로 동시에 만든다. 심지어 음악이 만들어지기 전에 다른 요소들이 결정되는 경우도 많다. 실제로 각 기획사에는 이렇게 음악·가사·안무·무대 퍼포먼스·의상·그 외의 외적 이미지를 총괄하여 지휘하는 인력이 따로 존재하고, 음악 제작을 담당하는 이들과 함께 프로듀서PD라는 직함으로 불린다. BTS 역시 음악 혼종 방식은 물론 철저하게 기획된 종합적인 콘셉트를 중심으로 활동을 전개한다는 점에서 매우 케이팝적이다. BTS는 몇 가지 케이팝적 요소를 누구보다도 철저히 추구하여 자신들만의 특성으로 만들었다. '일관된 콘셉트하의 음악 제작'이라는 측면에서도 그들은 '학교 3부작', '청춘 2부작', 'Love Yourself 4부작'[22] 등을 통해 스토리텔링과 다양한 문학적 상징 장치들까지 담아내며 케이팝의 '콘셉트 만들기'를 한 차원 끌어올렸다.

　　7인의 멤버 모두가 한국인이고 비非한국인은 하나도 없다는 점(심지어 케이팝 1세대 시절부터 흔하게 찾아볼 수 있었던 교포 출신 멤버도 없다), 외국 작곡·작사가와 협업하기보다는 한국 음악인들과 작업하는 것을 선호하며 가사도 한국어를 바탕으로 하고 있다는 점은 K를 강조하는 특징이다. 영미에 기원한 글로벌 음악 장르를 바탕으로 만든 음악임에도 불구하고 대부분의 비영어·비서구권 지역 음악에서 국가·민족색이 완전히 사라지지 않는 이유에 대해 일본의 문화 연구자인 모리 요시타카毛利嘉孝는 '아무리 글로벌한 음악 형식을 따랐다고 해도, 가사가 지역 언어로 되어 있다면 그 음악은 자동적으로 해당 지역 것으로 인식된다'고 분석했다.[23] 케이팝 역시 한국어 가사를 통해 자신의 국가·지역 정체성을 확고히 하고 있다. 케이팝을 접하는 외국인들은 한국어로 된 가사를 들으며 이 노래가 이국에서 온 것임을 바로 알아차린다. 거기에 성공한 동아시아계 가수를 거의 찾아보기 어려운 글로벌 음악 시장에서 멤버 모두가 한국인이라는 점은 그 자체로 BTS에게 한국이라는 국가 정체성을 부여한다.

1990년대에 전 세계적인 인기를 누린 미국의 R&B 그룹 보이즈 투 맨Boyz II Men 출신의 가수 숀 스톡먼Shawn Stockman은 2019년 미국 로스앤젤레스에서 열린 BTS의 콘서트에서 수만 명의 관중이 한국어로 노래를 따라 부르는 것에 커다란 놀라움을 표시했다.[24] 그는 '한국어로 노래를 하는, 한국에서 온 이 청년들을 데리고 미국에서 앨범을 내겠다고 했을 때 많은 이들이 비웃었겠지만 이들은 끝까지 노력해 결국 성공했고, 나는 그 점이 감동적'이라고 강조한다. 이처럼 미국을 비롯한 세계 시장에서 비영어·비서구권 가수가 성공하는 것은 매우 이례적인 일이며, 음악 자체에 글로벌 보편성이 있다고 해도 해외(특히 서구) 수용자들에게는 BTS의 언어와 국적이 음악의 정체성을 결정하게 된다.

이는 BTS와 빅히트가 적극적으로 지향하는 바이기도 하다. BTS는 해외 작곡가에게 곡을 받거나 영어 앨범을 내는 것을 피하고 오히려 한국어 속어와 유행어, 심지어 한국 전통 음악의 추임새까지 활용하며 K를 적극적으로 드러내 왔다. 실제로 빅히트 방시혁 대표는 '미국 시장을 위해 영어로 된 노래를 발표하는 것은 우리가 가고자 하는 길이 아니다'라며 해외 시장 진출을 위해 한국 색을 지우는 전략에 대한 거부감을 분명히 드러낸 바 있다.[25] 케이팝이 해외 팬들, 특히 동아시아 바깥 팬들에게 호소력을 가지는 것은 보편적인 글로벌 음악과 다르기 때문임을 잘 인식한 태도라고 볼 수 있다. 케이팝의 해외 팬들은 일반적인 서구 중심의 글로벌 팝 음악에 대한 일종의 대안 개념으로 케이팝을 좋아하게 되는 경우가 많다. 따라서 한국어 가사나 다른 한국적인 요소는 일반적인 인식과는 달리 글로벌 시장에서 오히려 강점으로 작용한다.[26] 특히 과거와는 달리 일찍부터 인터넷 기반 디지털 미디어를 통해 주류 문화뿐만 아니라 다양한 종류의 비주류 문화 콘텐츠를 향유해 온 글로벌 Z세대에게는 비서구·비영어권 음악이라는 점이 과거만큼 커다란 문화적 장벽으로 작용하지 않는다. 오히려 케이팝을 통해 Z세대들이 그 속에 담긴 한국적인 요소들을 일종의 '쿨함'으로 받아들이게 되었다는 지적도 있다.[27] 이처럼 BTS의 글로벌한 특성뿐만 아니라 한국적인 특성 또한 글로벌 Z세대의 감성에 호소했다는 점은 매우 흥미롭다.

Z세대의 아이콘

BTS의 주요 지지층인 Z세대를 특징짓는 키워드는 인터넷과 디지털 미디어다. Z세대는 성인이 된 후 혹은 어느 정도 성장한 후 인터넷과 디지털 미디어를 배우기 시작한 디지털 이주민digital immigrants과는 달리 아주 어릴 때부터 디지털 기기를 활용하고, 소셜 미디어를 통해 커뮤니케이션해 온 디지털 원주민digital native, 심지어 아날로그 미디어와 인터넷이 없는 환경에서의 커뮤니케이션 경험이 전무한 '포스트 디지털 세대'로 정의된다. 다소간의 지역 차는 있지만, 전 세계적인 현상이다. 이로 인해 전 세계 Z세대는 비슷한 사고방식과 감성, 행동 양식을 공유한다.

2018년 10월 세계적인 시사 전문지 《타임Time》은 BTS를 인터내셔널 버전의 표지 모델로 실으면서 '차세대 리더Next Generation Leader'라는 표현을 사용했다. 이는 BTS가 현시대의 다음 세대인 Z세대들로부터 높은 지지를 받고 있으며, 그들에게 큰 영향력을 행사하는 존재임을 보여 준다. 소셜 미디어 참여 지수 및 언급도 등의 데이터와 인터넷을 통해 이루어지는 글로벌 팬 투표를 기초로 선정되는 빌보드 뮤직 어워드의 톱 소셜 아티스트 분야에서 BTS는 2017년 이후 3년 연속 수상자가 되었다. 더불어 이들은 《타임》으로부터 '온라인에서 가장 영향력 있는 25인' 중 하나로 선정되었고, 2017년 아메리칸 뮤직 어워드 공연 직후에는 일종의 포털 사이트 검색어 순위인 구글 트렌드 토픽 최상위에 랭크되기도 했다. 이는 모두 BTS가 전 세계 인터넷 세상에서 얼마나 인기 있는지를 드러내는 지표다. 디지털 미디어 시대 최고의 글로벌 스타라고 할 수 있는 BTS를 해당 미디어를 가장 활발히 적극적으로 이용하는 Z세대의 최고 스타라고 부르는 것은 자연스러운 일이다.

인터넷 기반 디지털 미디어를 통해 소통하고 정체성을 형성해 온 Z세대는 과거 특정 시대를 대표했던 세대와 달리 글로벌한 보편성을 갖는다. 가령 1960년대를 대표한다고 여겨지는 히피나 68세대의 특성은 서구 사회의 고학력 백인 중산층이 주도하여 형성된 문화다. 동년배라 할지라도 다른 지역·인종·계급과 공유하는 특성은 아니다. 1960년대 한국의 20대, 미국 흑인 20대, 베트남의 20대, 멕시코의 20대, 브라질의 20대들이 히피나 68세대와 비슷한 특성을 갖지는 않았던 것이다. 그러나 Z세대는 다르다. 인터넷을 기반으로 유튜브, 페이스북, 트위터, 인스타그램 등 글로벌 인터넷 미디어 플랫폼으로 연결되어 있는 Z세대들은 인종·계급적 차이에도 불구하고 상당한 유사점을 지닌다. 그리고 이렇게 커다란 범위의 글로벌한 소통과 문화 공유는 역사상 전례가 없는 일이다.

BTS가 팬들과 직접 소통하는 방식은 이들의 성공 원인으로 자주 언급된다. BTS는 소셜 미디어는 물론 유튜브와 브이앱V Live 등 인터넷 기반 디지털 미디어에 뮤직비디오·공연 등 음악 관련 영상뿐만 아니라 자신들의 극히 소소한 일상들까지도 자주 올리고 실시간 댓글로 팬들과 직접 대화하며 끊임없이 직접 소통을 시도해 왔다. 물리적인 거리로 인해 BTS를 쉽게 만나기 힘든 글로벌 팬들에게 지속적으로 콘텐츠를 제공함으로써 언제 어디서나 연결된 느낌을 주고, 친밀감을 형성한 것이다. BTS가 제공하는 유비쿼터스ubiquitous적인 친밀감은 일반적인 글로벌 팝 스타가 주는 '나와는 다른 세상에 사는, 닿을 수 없는 별'과 같은 이미지와 확실히 차별화되며 이들을 특별하게 만들었다. 이는 Z세대들이 문화 차이를 넘어 소셜 미디어 등을 기반으로 글로벌하게 소통하는 방식과 매우 유사하다. Z세대가 BTS를 자기 세대를 대변하는 문화적 상징으로 여기는 중요한 이유다.

BTS는 빌보드, BBC 등 영미 미디어에서 비틀즈에 비견되기도 했다.[28] 이 점은 이들이 갖고 있는 '시대의 대변인'으로서의 상징성을 잘 보여 준다. 비틀즈, 서태지 등이 수십 년의 세월이 흐른 지금도 여전히 회자되는 이유는 물론 훌륭한 음악 때문이다. 하지만 그보다 더 중요한 부분은, 서구의 1960년대와 한국의 1990년대라는 전무후무한 시대의 대변혁기에 나타났던 새롭고 다양한 문화적 특징들이 그들의 음악과 태도에 응축되어 재현되었기 때문이다. 이와 마찬가지로 BTS는 또 다른 글로벌 대변혁기인 2010년대의 새로운 사회 및 문화를 함축적으로 드러내는 존재다.

흥미로운 점은 Z세대에게 호소력을 지닌 BTS의 직접 소통과 친밀한 이미지 구축이 케이팝 가수들의 공통적인 소통 방식이라는 것이다. 따라서 이는 다분히 한국적인 특성이다. 팝의 글로벌한 보편성과 대조되는 이 K가 글로벌 Z세대의 감성을 파고들었다고 할 수 있다. 다름에 비교적 익숙하고 심지어 이를 쿨함의 일종으로 여기는 Z세대의 감성에 글로벌 팝과 비슷하면서도 다른 BTS의 음악과 이미지가 잘 들어맞았다는 점도 BTS의 한국적 특성이 가진 중요성을 드러낸다.

진정성 서사 속 케이팝

BTS는 디지털 미디어 플랫폼을 효과적으로 이용해 팬들과의 유대를 강화했고, 대중음악이 갖는 글로벌 보편성에 한국성을 결합해 글로벌 팬들에게 호소력을 지니게 됐다. 하지만 국내외 팬들이 입을 모아 지적하는 BTS 최고의 매력은 바로 '진정성'이다.

대중음악에서의 진정성 담론은 대체로 authenticity, 즉 무엇이 진정한(혹은 진짜) 음악인가를 둘러싸고 이루어지는 논의를 일컫는다.[29] 그러나 케이팝 속의 진정성이란 그보다는 '진심 어린', 혹은 '성실하고 진실됨'을 뜻한다고 볼 수 있다. 즉 sincerity에 가깝다. 실제로 거의 대부분의 케이팝 아이돌들이 무대 위에서, 버라이어티 쇼와 드라마에서, 브이앱에서, 팬 미팅에서 진심을 다해 열심히 임하는 태도를 전면에 내세운다. 이처럼 가수들에게 성실함을 요구하는 일종의 도덕주의는 한국적인 맥락에서 형성된 문화 정체성으로, 다른 나라 가수와 케이팝 아이돌을 구별하는 결정적인 요소다.[30]

그중에서도 BTS의 국내외 팬들은 엑소, 트와이스, 블랙핑크 등 다른 케이팝 그룹들의 팬들보다 더 진정성을 강조한다. BTS가 가진 흙수저 아이돌의 성공 신화나 '내가 하고 싶은 이야기를 내가 만든 음악을 통해 전달한다'는 특성은 이들의 진정성을 구성하는 중요한 요소다. 자본과 미디어의 힘이 아닌 가수 본인과 팬의 힘으로 정상에 오른 점, 틀에 박힌 사랑 이야기가 아니라 Z세대로서 자신들이 겪고 느낀 점을 표현한 음악은 분명 진정성의 측면에서 우위에 있다.

이러한 진정성이라는 미덕은 케이팝 아이돌이 일반적으로 갖추고 있는(혹은 갖춰야 하는) 이미지인 성실함, 팬들에 대한 친절함·자상함, 쉽게 친해질 수 있는 친근함 등과 같은 지극히 케이팝적인 가치를 극단까지 추구한 결과 얻어낸 특성이다. 이는 BTS의 강점인 동시에 이들에게서 한국적인 특성을 분리할 수 없게 만드는 요소다. 팬들과 꾸준히 소통하고 그들의 의견을 적극적으로 반영하여 실행에 옮기며, 때로는 자신들의 뜻도 굽히는 것은 팬과 가수, 기획사의 관계를 좀 더 평등하고 바람직한 것으로 만들었지만 아티스트로서 자유롭게 자신의 창작력을 펼치는 데에는 족쇄가 될 가능성도 있다. Z세대를 사로잡은 이들의 진정성은, 엄청난 스트레스와 행동의 제약을 동반한다.

BTS가 전 세계적인 성공을 거두자, 일부에서는 그들이 K를 빨리 떼어 버리는 것이 장기적인 관점에서 BTS, 나아가 케이팝 전체의 세계화와 생존에 필수적이라고 주장한다.[31] 소속사 빅히트도 그런 부분을 인식한 듯, 기존의 국내 팬 중심 팬 카페 방식에서 탈피하여 글로벌 팬들을 하나로 통합하는 독자적인 플랫폼 위버스Weverse를 만드는 등 K에서 벗어난 초국가적transnational 시스템 구축에 주력하고 있다.

그런데 이러한 움직임에 대해 국내 팬들은 자국 팬들을

홀대한다며 볼멘소리를 내고 있다. 심지어 국내와 해외 팬 사이에 문화적·인종주의적 갈등도 발생하고 있다.[32] 이는 BTS가 한국의 아이돌이면서 동시에 글로벌 팝 스타라는 이중적인 정체성을 갖고 있기 때문에 벌어지는 갈등이다. 아무리 더 넓은 시장을 겨냥해 초국가주의를 지향한다 할지라도, 다른 비영어·비서구권 음악과 마찬가지로 케이팝은 '한국'이라는 국가·지역 정체성으로부터 쉽게 분리될 수 없다. 한국이라는 정체성은 음악 속에 새겨진 DNA에 가깝기 때문이다.

BTS의 히트곡 〈IDOL〉의 가사에서 엿볼 수 있는 것처럼, 빅히트뿐만 아니라 BTS 스스로가 이제는 한국의 케이팝 아이돌이라는 범주를 넘어선 '자유로운' 존재가 되기를 꿈꾼다. 하지만 3세대 케이팝의 일원으로서 BTS는 케이팝 특유의 아이돌-기획사 시스템하에서 성장하고 발전해 왔다. 더불어 이들은 1세대 케이팝 가수들이 개척하고 2세대가 확장한 케이팝 세계화 루트의 수혜자이기도 하다. 결국 BTS는 케이팝의 연장선상에 있는 셈이다.

따라서 아무리 글로벌한 인기를 얻었다고 해도 BTS를 일반적인 팝 스타로 취급하는 것은 여전히 불가능하다. BTS는 극우파라는 의심을 사고 있는 일본의 유명 프로듀서 아키모토 야스시秋元康와 협업을 결정했다가 팬들이 '일본 극우파와의 협업은 용납할 수 없다'는 성명을 내자 협업을 취소하고 사과문을 발표했던 적이 있다. 이 사건은 적극적인 수용자들의 의사가 산업에 활발히 반영되는 평등한 관계를 보여 주지만, 동시에 한일 간의 역사적 관계에 바탕을 둔 팬들의 보이콧이라는 점에서 BTS가 한국이라는 국가 정체성에서 자유롭지 못함을 극명히 드러내기도 한다. BTS가 '비서구·비영어권 출신의 글로벌 최고 인기 그룹'으로 인식되고 있기 때문에 오히려 '한국 그룹'으로서의 정체성을 분명히 할 것에 대한 국내외 팬들의 요구가 더 강해지고, 아이러니하게도 그 결과 BTS의 국가 정체성은 더욱 확고해진다. 민요의 추임새가 가사에 들어가고 뮤직비디오 속에서 한국의 전통적인 이미지가 묘사되는 〈IDOL〉에서 확인할 수 있는 것처럼, BTS 및 빅히트 스스로도 그런 점을 강하게 인식하고 자신들의 이미지 구축에 적극 활용하고 있다.

BTS는 케이팝 특유의 비즈니스 모델에서 탄생해 해외 시장을 적극적으로 겨냥함으로써 글로벌 Z세대의 감수성에 호소할 수 있었고, 그 결과 소형 기획사 소속이라는 한계를 딛고 글로벌 팝 스타로 자리매김했다. 여기에는 음악·춤·무대 퍼포먼스라는 음악 내적인 실력은 물론, 일상생활의 소소한 부분과 성실함 및 사회 문제에 대한 의식 있는 태도 등 음악 외적인 자아까지 적극적으로 콘텐츠화하여 진정성 있게 팬들에게 제공한 것이 주효했다. 그러나 BTS의 음악 활동 방식뿐만 아니라 이들 최고의 미덕인 진정성마저도 케이팝적인 요소에 여전히 묶여 있을 수밖에 없다는 점은 글로벌 보편성과 지역 특수성을 모두 놓칠 수 없는 비영어·비서구권 동아시아 음악인 케이팝이 처한 딜레마를 여실히 드러낸다.

케이팝 하는 외국인

'미사모쯔'의 국적

> 모모: 지금 호텔이에요. 오사카 호텔. 우리 방에 있어요. 이렇게 해외에 오래 있는 건 처음인 것 같아.
>
> 사나: 맞아.
>
> (잠시 정적)
>
> 모모: 에? 해외?
>
> (둘 다 웃음)
>
> 사나: 나도 하나도 안 이상하다고 느꼈어.
>
> — 트와이스 멤버 모모와 사나의 2018년 1월 브이라이브 방송 중

트와이스 멤버인 모모와 사나의 국적은 일본이다. 그런데 이 두 사람은 자기 고향에 있으면서도 그곳을 '해외'라고 칭했다. 게다가 이 말을 했던 두 사람과 브이라이브를 보고 있던 팬들 모두 그 말이 이상하다는 것을 잠시 깨닫지 못했다. 이처럼 트와이스를 좋아하는 팬들도, 심지어 '해외'에서 일하고 있는 트와이스 내의 외국인 멤버들 자신도 활동하는 동안만큼은 그들이 외국인이라는 사실을 종종 의식하지 않곤 한다. 이들의 국적이 갖는 다양한 함의 역시 자주 잊힌다.

트와이스 멤버 9명 중 모모와 사나 말고도 일본인 미나

와 대만 출신 쯔위 역시 외국인 멤버다. 트와이스 팬들 사이에서 이들은 이름 앞 글자를 딴 '미사모쯔'라는 애칭으로 불린다. 9명 중 4명, 즉 절반에 가까운 44퍼센트가 외국인으로 구성된 셈이다. 특히 세 명의 일본인 멤버는 트와이스의 성공적인 일본 시장 안착에 큰 역할을 했다. 자국인 멤버가 세 명이나 포함되어 있는 데다 그 멤버들이 팀 내에서도 높은 인기를 누리고 있어 친근감을 느꼈고, 이를 통해 트와이스 다른 멤버 및 음악에 대한 관심이 높아졌다는 것이 대다수 일본 팬들의 반응이다. 쯔위 역시 대만은 물론 중화권 전체에서 큰 사랑을 받으며 트와이스의 동아시아 내 인기에 한몫하고 있다.

'미사모쯔'는 한국 팬들에게도 큰 사랑을 받고 있다. 트와이스는 멤버 간 인기 격차가 비교적 크지 않은 편으로 알려져 있지만, 외국인 멤버들은 그중에서도 인기 순위 상위다. 실제로 트와이스를 3세대 최고의 걸 그룹으로 끌어올린 싱글 〈CHEER UP〉이 유명해질 수 있었던 것은 사나의 '샤샤샤'[33] 덕분이었다. 또한 쯔위는 TV 예능 프로그램 〈런닝맨〉에서 '국민 여동생'이라는 수식어를 붙여 줄 정도로 폭넓은 인기를 얻고 있다. 한국의 국민 여동생이 외국인인 셈이다.

케이팝 국제화와 외국인 멤버

1세대 시절부터 케이팝 내에는 많은 외국인 멤버들이 있었다.

H.O.T.의 토니, S.E.S.의 유진과 슈, 젝스키스의 강성훈과 은지원, 신화의 앤디와 에릭, 지오디의 데니, 호영, 박준형 등으로 대표되는 1세대 아이돌 그룹 내의 외국인 멤버들은 대부분 한국계 외국인으로, 현지 교포거나 해외에서 학창 시절을 보낸 이들이 대부분이었다. 이들은 대부분 미국과 캐나다 출신이었는데, 유창한 영어 실력과 함께 한국 '토종' 멤버들에 비해 해외 최신 트렌드를 좀 더 현지 느낌으로 구현한다는 이미지를 주는 상징적인 존재였다.[34]

케이팝 2세대부터는 구성이 제법 달라진다. 한국계 외국인 위주였던 1세대와는 달리, 2세대부터는 실제로 외국에서 온 멤버들의 참여도가 대폭 증가했다. 이는 2005년 데뷔한 SM 소속 남성 아이돌 그룹 슈퍼주니어의 성공이 촉발한 변화였다. 슈퍼주니어는 중화권에서 최고의 인기를 누리며 드라마 중심이었던 동아시아의 한류를 케이팝 중심으로 바꾸는 데 큰 공헌을 했다. 이들이 중화권에서 큰 인기를 얻게 되었던 계기는 바로 초창기 멤버였던 중국인 한경의 존재였다. 한경이 중국에서 얻은 인기는 엄청났다. 2008년 베이징 올림픽의 성화 봉송 주자로 선정되고, 그가 광고 모델로 나선 중국 제품의 매출이 단기간에 30퍼센트나 증가하기도 했다. 한경에 대한 중화권 수용자들의 관심은 곧바로 슈퍼주니어에 대한 관심으로 이어지며 그들이 중화권 최고의 인기 그룹으로 자리

매김하는 중요한 동력이 되었다.

한경의 성공을 시작으로 다른 많은 기획사 및 그룹들도 외국인 멤버를 적극적으로 영입하기 시작했다. SM은 중국 시장을 겨냥하여 한경을 비롯한 슈퍼주니어 멤버 다섯 명에 홍콩·대만계 캐나다인 헨리 등을 포함해 슈퍼주니어-M[35]을 2008년 데뷔시켰고, 2009년 데뷔한 걸 그룹 에프엑스f(x)에는 두 명의 중국계 멤버 빅토리아(중국인)와 엠버(대만계 미국인)를 포함시켰다. JYP는 투피엠2PM에 태국계 미국인 닉쿤을, 미스에이Miss A에 중국 출신 페이와 지아를 포함시켰으며, 그 외에도 다수의 외국인 멤버가 비슷한 시기에 데뷔했다. 이런 흐름은 3세대에도 계속되고 있다. SM 소속 그룹 엑소는 열두 명의 멤버 중 네 명이 중화권 출신인 데다, 처음부터 그룹을 만다린어(표준 중국어) 유닛 EXO-M과 한국어 유닛 EXO-K로 나눠 활동하기도 했다. JYP 소속 갓세븐GOT7에는 태국 출신 뱀뱀과 홍콩 출신 잭슨, YG 소속 그룹 블랙핑크에는 태국 출신 리사가 있고 그 외에도 (여자)아이들, 시엘시CLC 등에도 외국인 멤버가 있다.

2세대 이후 외국인 멤버들은 단순한 이미지 메이킹이나 현지 인기 획득을 위한 교두보 정도의 역할을 넘어 팀 내에서 리더를 맡거나 한국인 멤버를 제치고 국내외 팬들로부터 가장 높은 인기를 누리는 등 그룹의 중추 역할을 담당하는 경우도 많다. 따라서 멤버 구성이나 외국인 멤버들의 그룹 내 위상만 놓고 보면 케이팝은 일본, 중국 등 동아시아는 물론 미국·유럽과 비교해도 국제화가 많이 이루어진 상태라고 할 수 있다. 여기에 케이팝의 글로벌화에 발맞춰 해외 음악인들의 제작 과정 참여나 해외 자본 유입, 해외 기획사의 국내 진출 등도 활발히 이루어지고 있다.

현지 팬들을 사로잡아라

1세대의 외국인 멤버 영입이 한국 내수 시장의 취향을 고려한 선택이었다면, 2세대부터는 일종의 현지화 전략으로서 외국인 멤버들을 포함하는 일이 늘어나기 시작했다. 앞서 언급한 한경 외에도 투피엠과 갓세븐의 성공에 태국계 멤버 닉쿤과 뱀뱀의 역할이 컸으며, 인도네시아, 태국 등 동남아시아에서 유달리 높은 인기를 얻고 있는 블랙핑크의 경우도 태국 멤버 리사의 존재감이 매우 크다.

이들은 거의 대부분 동아시아, 그중에서도 지역 내 문화의 중심이라고 할 수 있는 중화권, 일본, 태국 출신이다. 이러한 쏠림 현상의 원인은 크게 두 가지로 볼 수 있다. 하나는 케이팝의 이미지가 지역에 따라 다르기 때문이고, 다른 하나는 케이팝이 갖고 있는 정체성 때문이다. 우선 케이팝이 지역별로 갖고 있는 각기 다른 이미지에 관한 이야기부터 해보자.

케이팝이 동아시아 수용자들에게 특히 인기 있는 이유는 글로벌 최신 트렌드 음악을 적극적으로 수용한 세련미와, 동아시아권 문화를 공유하는 데서 오는 친근함이 잘 결합되어 있기 때문이다.[36] 또한 일본을 제외하고 동아시아 지역에서 경제적으로, 그리고 문화적으로 가장 발전한 국가로서 한국이 차지하는 비교적 높은 위상도 무시할 수 없다. 그 결과 '한국처럼 발전하고 싶다'는 일종의 '코리안 드림'을 갖고 있는 동아시아 수용자들에게 자국 출신인 케이팝 그룹 멤버는 친근감을 느끼게 해주는 동시에 약간의 자랑스러움과 뿌듯함을 주는 존재가 되고, 소속 그룹은 '국민 케이팝 그룹'이 된다.

이는 미국 야구 메이저 리그에서 뛰는 류현진과 영국 축구 프리미어 리그에서 뛰는 손흥민이 국내 최고의 스포츠 스타가 되고, 그들의 소속 팀이 한국인들의 '국민 응원 팀'이 되는 것과 유사하다. 특히 주로 중국, 일본, 태국 멤버들이 케이팝 그룹 내에 존재하는 것은 동아시아에서 이들 국가가 차지하는 비중과 깊은 관련이 있다. 이들 국가는 시장의 규모도 크고, 다른 동아시아 국가에 미치는 영향력도 크다. 만일 베트남이나 인도네시아 시장이 그만큼 성장해 케이팝 업계에 큰 수익을 가져다준다면, 업계에서는 해당 국가 출신 멤버들도 적극적으로 기용할 것이다.

반면 정치 경제적, 역사적, 문화적인 맥락이 동아시아

와는 판이하게 다른 동아시아 바깥 지역에서는 한국 문화가 갖는 이미지와 위상도 크게 다르다. 앞서 언급했듯 동아시아 바깥의 해외 팬들은 보편적인 글로벌 음악과는 '다른 음악'인 케이팝의 대안적인 성격에 주목한다. 그들에게 케이팝은 자국 문화보다 세련됐기 때문에 인기 있는 것도 아니고, 정서적인 친근함을 주는 것은 더더욱 아니며, 한국과 한국 문화가 '코리안 드림'으로서의 위상을 지니는 것도 아니다. 따라서 미국 출신 흑인 멤버가 있다고 해서 미국 케이팝 팬들이 해당 그룹을 더 좋아해 줄 가능성은 거의 없다. 오히려 '케이팝스럽지 않다'는 이유로 팬들의 비판에 직면할 가능성이 높다. 실제로 비동아시아계 멤버들로 이루어진 케이팝 그룹 EXP 에디션이나 지걸즈 등에 대한 반응은 대체로 뜨뜻미지근하며 심지어 냉소적이다. 케이팝의 한국적인 특성이 동아시아에서 갖는 의미와 동아시아 바깥에서 갖는 의미가 다르기 때문이다. 즉 케이팝 속 외국인들이 주로 동아시아 출신인 것은 동아시아 밖 수용자들에게 '케이팝스러운' 신선함을 주는 반면, 동아시아 중에서도 중국, 일본, 태국 출신인 것은 동아시아 내에서 비교적 큰 규모인 이들 국가의 수용자들에게 친근감과 뿌듯함을 준다.

케이팝과 동아시아

세련된 이미지를 위해, 초국가적 음악이 되기 위해, 그리고 동아시아를 겨냥한 현지화 전략의 일환으로서 케이팝 산업 내로 들어온 외국인들이 업계에서 차지하는 비중은 점점 커지고 있다. 하지만 이들은 자신의 국적으로 인해 종종 예기치 않은 곤란함에 직면한다. 케이팝의 일원으로서 K의 특성을 수용해야 하지만, 동시에 자신들의 출신 국가에서 갖는 인기와 상징성 때문에 모국의 정체성 역시 꾸준히 드러내야 하기 때문이다. 더불어 케이팝이 동아시아 전반을 아우르는 지역 문화라는 점은 한국과 자신의 모국 외에 다른 동아시아 국가까지 염두에 두어야 하는 복잡한 문제로 이어진다.

케이팝 산업에서 현재 가장 중요한 시장은 중국과 일본, 그중에서도 일본이다. 일본 수출액이 전체 음악 산업 수출액의 62.5퍼센트를 차지할 정도로 현재 케이팝의 일본 시장 의존도는 매우 높다.[37] 하지만 일본 시장에 대한 높은 의존도는 케이팝 업계가 항상 불안감을 갖는 요소다. 언제든 껄끄러워질 수 있는 양국 관계 때문이다.

정치 경제적 갈등이 케이팝과 한국 문화 산업에 직접적인 영향을 끼친 대표적인 계기는 바로 2012년 이명박 전 대통령의 '독도 기습 방문'이다. 이로 인해 일본 내의 반한反韓 정서가 불타오르며 당시 소녀시대와 카라KARA 등의 인기를 통해 일본에서 세력을 확장해가던 케이팝과 한류 전반이 직격탄을 맞은 바 있다. 특히 당시 일종의 신드롬으로 여겨질 만큼 일본에서 엄청난 인기를 누리던 카라에게 '독도 문제에 대해 어떻게 생각하느냐'라는 질문을 던진 한 한국 기자로 인해 촉발됐던 '카라 독도 논란'은 양국 간의 갈등이 케이팝에 끼치는 영향을 적나라하게 보여 준다. 이 질문이 나오자 당시 행사의 사회자는 '그 질문은 지금 행사와 관계없는 질문'이라고 즉답을 피했는데, 이를 둘러싸고 강도 높은 비난이 이어졌다.[38] 일본에서 활동하며 큰 사랑을 받고 있는 케이팝 가수들이 미디어나 팬들로부터 비슷한 질문을 받는다면 어떻게 대답해야 할까?

2019년 아키히토明仁 천황[39]의 퇴위에 맞춰 '헤이세이 수고하셨습니다平成お疲れ様でした'[40]라는 글을 자신의 소셜 미디어에 올렸다가 뜻하지 않게 논란에 휩싸였던 트와이스의 일본인 멤버 사나의 경우도 마찬가지다. 단순히 일본 천황의 연호를 언급했다는 것 때문에 벌어진 이 논란은 천황 제도로 상징되는 '일본성'에 거부감을 느끼는 현대 한국인 특유의 감수성과 관련되어 있다. 이러한 국민 정서와 관련된 부분은 사실 한국뿐만 아니라 어느 나라건 논리적으로 설명하기 어려운 미묘한 부분이지만, '천황의 이름을 딴 연호 자체가 일본 국수주의·민족주의와 관련성이 큰 만큼 트와이스 공식 계정

에 이에 대한 언급을 한 건 신중하지 못했다'는 주장이 기사화됐을 정도로[41] 사나의 발언은 대중들의 반감을 샀다. 이는 케이팝이 가진 민족주의적 색채를 보여 준다.

아무리 일본인이라 할지라도 '케이팝 그룹의 일원'인 이상, 한국적인 감수성에 반하는 언행을 할 경우 팬들이 거부감을 표시한다. 이는 글로벌 음악 시장에서의 인기와 수익을 통해 생산, 유통, 소비의 모든 과정에서 초국가적인 음악이 되기를 지향하는 케이팝이 실제로는 여전히 한국의 민족 및 국가 정체성과 강하게 연결되어 있음을 드러낸다. 이는 다국적성과 초국적성을 인기의 근간으로 삼고 있는 트와이스 같은 그룹마저도 피할 수 없는 딜레마다.

케이팝 그룹 내에 다양한 외국인 멤버가 참여하고 있다는 것은 사나의 경우처럼 외국인 멤버의 출신 국가와 한국, 혹은 멤버의 출신 국가와 다른 나라 사이의 갈등과 대립으로 인해 그룹이 영향을 받을 수 있다는 의미다. 특히 정치, 사회, 문화 전반에 민족주의nationalism의 영향력이 강한 동아시아가 케이팝의 주요 시장인 이상, 동아시아 국가 사이에 상존하는 갈등은 해당 국가들로부터 온 멤버가 속한 케이팝 그룹과 연결될 수밖에 없다.

트와이스의 대만인 멤버 쯔위는 한국 지상파 프로그램에 출연하면서 대만 국기인 청천백일만지홍기를 들고 나왔다가 중국 미디어와 팬들의 강력한 비난과 보이콧에 직면하자 결국 공식적인 사과 영상을 유튜브에 올리며 중국 활동을 중단할 수밖에 없었다. 이 사건은 동아시아 국가 간 갈등이 케이팝에 미치는 영향을 잘 드러낸다. 양안兩岸 관계로 불리는 중국과 대만 사이의 미묘한 관계는 정치적, 역사적, 문화적 배경 지식이 없다면 이해하기 어려운데, 동아시아를 주요 시장으로 삼으며 그들을 산업 내부의 플레이어로 끌어안은 케이팝은 이제 이러한 복잡다단한 부분까지 모두 고려해야 한다. 그러나 한류 연구자 심두보의 지적처럼, 케이팝 산업의 국제 인지 감수성은 여전히 협소하다.[42] 초국가적 음악이기 전에 지역 음악인 케이팝의 정체성은 인식의 범위를 전향적으로 확장하는 것을 종종 어렵게 한다.

중국, 베트남, 필리핀, 말레이시아, 싱가포르 등의 동아시아 국가 다수가 얽힌 남중국해 영토 분쟁도 케이팝에 직간접적인 영향을 미쳤다. 2016년 7월 국제 상설 중재 재판소가 중국의 남중국해 영유권 주장에 근거가 없다고 판결한 직후 빅토리아, 차오루, 페이, 레이 등 케이팝 내 거의 모든 중국 출신 아이돌들은 동시다발적으로 자신들의 소셜 미디어 페이지에 중국의 남중국해 영유권 주장을 상징하는, '중국은 조금도 작아질 수 없다中國一点都不能少'라는 문구가 적혀 있는 그림을 올렸다. 중국 팬들은 여기에 열광적인 지지를 보냈지만, 베트남과 필리핀을 포함한 다른 동아시아 팬들은 물론 중국의 팽창주의 정책에 반감을 갖고 있는 한국 팬들은 강한 실망감을 드러냈다.

케이팝은 동아시아 전역을 아우르는 국제적인 음악을 지향하며 한국적 색채를 옅게 만들어 왔지만, 사나의 사례에서 볼 수 있듯 여전히 한국적 시각에서 자유로울 수는 없다. 게다가 중국, 대만, 홍콩, 태국 등 다양한 동아시아 정체성이 케이팝 속에 스며들면서 때로는 민족주의에 기반한 이들 사이의 대립이 케이팝 속에서 표출되기도 한다. 이는 K와 결별할 수 없음에도 동아시아 팬들을 포섭하기 위해 해당 국가 출신 멤버들을 받아들이고 그들의 국가 정체성을 전면에 내세우는 이상 피할 수 없는 딜레마다.

본격적으로 해외 시장을 타깃으로 삼게 된 3세대 케이팝은 이제 과거에는 특별히 고려할 필요가 없었던 다양한 해외의 사정을 모두 생각해야만 하는 처지에 놓였다. 그리고 "쯔위는 사과할 필요가 없었다"고 주장하며 쯔위 사건을 총통 선거 전략으로 활용한 대만 정당들의 사례와 남중국해 영토 분쟁에서 중국 입장을 지지하기 위해 중국 출신 아이돌들이 한 목소리를 낸 사례에서 볼 수 있듯, 이제 케이팝은 국제 정치와 무관하게 전개될 수 없는 영역에 서 있다.

초창기에는 케이팝에 '미국적인(또는 글로벌한) 세련미'

를 부여하는 수단으로서, 그리고 케이팝의 해외 시장 의존도
가 커진 2세대 이후에는 현지화 전략의 일부이자 초국가성을
강화하는 요소로서 많은 외국인들이 케이팝의 중요한 일원으
로 활약해 왔다. 실제로 이들은 케이팝을 글로벌한 음악으로
만드는 데 큰 공헌을 했고, 특히 동아시아 시장에서 이들의 존
재감은 꾸준히 빛을 발해 왔다.

그러나 동아시아에는 쉽게 해결되기 어려운 정치 경제
적, 역사적 갈등이 존재하고, 언제든지 케이팝 전반에 예상치
못한 문제를 일으킬 수 있다. 또한 슈퍼주니어 한경이나 엑소
의 중국 멤버 크리스, 루한, 타오의 사례에서 볼 수 있는 것처
럼, 기획사 입장에서는 이들이 중도에 계약을 해지하고 이탈
하여 모국으로 돌아갈 경우 이 멤버들에게 쏟아부은 투자에
대한 대가를 제대로 회수하지 못할 수도 있는 리스크도 존재
한다.[43]

케이팝이 글로벌 음악 장르를 지향하는 이상, 외국 출
신 멤버들이 케이팝 내에서 중요한 역할을 맡는 것은 피할 수
없는 일이다. 이제는 타문화에 대한 깊고 섬세한 이해 없이 현
지화 전략의 일환으로 삼아 이들을 '용병' 취급하는 것을 넘
어 어떻게 진심으로 끌어안을 수 있을지 진지하게 고민할 시
기가 되었다. 이들은 케이팝 속 한국적 특성의 외연을 더욱 확
장시키는 동시에, K의 한계를 넘어 팝의 보편성과 다양성을

더해 주는 존재이기도 하기 때문이다. 이들을 통해 케이팝은 과거에 생각할 수 없었던 복잡한 문제에 직면하게 됐지만, 무지했던 다른 문화에 대한 이해를 넓히고 열린 시각을 가질 수 있는 기회도 함께 맞이하고 있다. 이는 3세대에서 꼭 풀어야 할 중요한 과제인 동시에, 21세기 들어 급속히 다문화 사회로 이행하고 있는 한국이 마주한 현실의 축소판이기도 하다. 케이팝 속 외국인 아이돌이 케이팝의 일원인 것처럼, 한국으로 온 이주민 역시 한국 사회의 일원이기 때문이다.

프로듀스 48과 AKB48

〈프로듀스 101(이하 프로듀스)〉은 엠넷에서 방영한 시즌제 음악 오디션 서바이벌 프로그램이다. 각기 다른 기획사에 소속된 연습생과 이미 정식으로 데뷔했으나 큰 인기를 얻지 못한 아이돌을 비롯해 101명의 연습생이 참가하고, 수차례의 시청자 투표를 거쳐 선발된 11명이 정해진 기간에 한시적으로 활동하는 일종의 프로젝트 그룹으로 데뷔하게 된다.[44]

첫 번째 시즌에는 여성 그룹 아이오아이I.O.I.가, 두 번째 시즌에는 남성 그룹 워너원Wanna One이 탄생했다. 이들은 프로그램의 인기에 힘입어 데뷔하기 전부터 높은 인기를 누렸다. 프로젝트 그룹으로서의 활동 기간이 끝난 후에도 소속 그룹의 일원으로서나 솔로 가수로서 비교적 성공적인 커리어를 이어 가고 있다. 프로그램이 진행되는 약 석 달 동안 마지막까지 살아남았다는 것은 아이돌로서 이들의 능력이 출중하다는 것을 증명하기도 하지만, 꾸준히 인지도를 쌓고 서사를 만들며 팬덤을 다져 갔음을 의미하기 때문이다. 이렇게 만들어진 팬덤은 이들이 프로젝트 그룹의 일원으로 데뷔한 후에도, 시한부 그룹 활동을 종료한 후에도 비교적 군건히 남아 이들을 지원한다.

2019년 하반기 〈프로듀스〉 시리즈를 둘러싼 순위 조작 의혹이 제기되고, 시청자 투표가 아닌 PD와 제작진들의 의도대로 순위가 결정되었다는 혐의가 일부 사실로 인정되며 관련자들이 구속 기소됐다. 그러나 〈프로듀스〉 시리즈와 아이즈원을 통해 이루어졌던 한국과 일본의 산업적·문화적 합작은 여전히 케이팝의 국적에서 오는 긴장과 갈등을 선명히 보여 주는 사례로서 조명할 가치가 있다. 한일 양측은 이런 식의 합작이 어떤 방식으로든 계속 이어질 것임을 시사하고 있기도 하다.

〈프로듀스〉 시리즈는 일본 최고의 여성 아이돌 그룹 AKB48과 비교되어 왔다. 〈프로듀스〉가 첫 방영된 2016년, 일부 음악 팬과 미디어는 〈프로듀스〉가 AKB48의 시스템을 표절했다고 지적했다. 프로그램의 핵심이라고 할 수 있는 시청자 투표를 통한 멤버 선발이 AKB48의 인기 이벤트 '총선거'와 비슷했기 때문이다. AKB48의 총선거는 100명이 훨씬 넘는 멤버들 중 음원 녹음, 방송 출연, 광고 모델 발탁 등의 기회를 얻게 되는 16명의 대표 멤버를 전적으로 팬들의 투표로 결정하고, 그 과정을 생중계로 보여 주는 AKB48의 대표적인 시스템이다. 실제로 101명의 후보자 중 11명의 멤버가 시청자 투표를 통해 살아남아 프로젝트 그룹으로서 데뷔 기회를 얻게 되는 〈프로듀스〉의 방식과 매우 유사하다.

이에 대해 엠넷은 방송 프로그램과 걸 그룹 운영 시스템을 비교하는 것은 부적절하다며 표절 혐의를 부인했다. 〈프로듀스〉의 첫 번째 시즌이 예상보다 더 큰 성공을 거두고 AKB48의 총선거와는 다른 몇몇 차별적인 요소가 더해지며 이 논란은 유야무야됐다. 하지만 이 프로그램의 구성 방식이 AKB48, 더 넓게는 일본 아이돌 산업으로부터 커다란 영향을 받았음은 부정할 수 없다.

그런데 표절 의혹을 인정하지 않았던 엠넷은 〈프로듀스〉가 국내외에서 큰 성공을 거두자 자신들의 레퍼런스 reference, 즉 참고 대상으로 여겨지는 AKB48과 공식 협업을 결정했다. 한국 기획사에서 일본인을 발탁하여 연습생으로서 훈련을 시킨 후 케이팝 그룹 멤버의 일원으로 데뷔시킨 것은 이미 1990년대부터 이루어져 온 일이며, 트와이스의 사례처럼 3세대로 온 이후엔 더 이상 특별한 일도 아니다. 하지만 한일 양국의 아이돌 기획사와 현직 아이돌, 연습생, 방송 산업이 모두 함께 참여하는 대규모 프로젝트는 〈프로듀스 48〉이 사실상 처음이었다.

하지만 이 프로젝트에 대한 업계와 대중의 전망은 그리 밝지 않았다. '국민 정서'상 일본 음악과 가수에 대한 반감이 심할 것이라는 우려 때문이었다. 일본 음악은 1998년 제1차 일본 대중문화 개방을 시작으로 부분적으로나마 한국에 공식적으로 들어오기 시작했고, 2004년 제4차 전면 개방 이후에는 일본 음악 판매와 방송에 대한 모든 법적인 제한이 사라졌다. 그럼에도 불구하고 방송에서 일본어 노래를 접하기는 여전히 어렵다. 일본 음악에 거부감을 표하는 이들이 많기 때문이다. 이렇게 여전히 일본에 대한 국민감정이 좋지 않은 우리나라에서 일본 출연진과 한국 출연진이 함께 하는 서바이벌 프로그램을 진행하는 데에는 분명 위험이 있었다. 수용자들로부터 거부감을 사지 않을지, 혹은 해외 투표가 배제된 상태에서 한국 시청자들이 민족주의에 기반하여 일본 출연자에 대한 의도적인 투표 거부 움직임을 벌이지 않을지, 그로 인해 프로그램 방향성이 왜곡되지 않을지 등등 수많은 의문이 생겨났다. 일본의 반응 역시 그리 긍정적이지 않을 수 있었다. 따지고 보면 〈프로듀스〉뿐만 아니라 케이팝 자체의 주요 레퍼런스이기도 한 일본 아이돌 산업 측이 자신들을 모방한 일종의 아류로 볼 수도 있는, 〈프로듀스〉로 대표되는 케이팝 산업과 협업하는 것에 거부감을 가질 수도 있었기 때문이다.

케이팝을 배우자

다양한 우려에도 불구하고 AKB48은 엠넷 및 케이팝 산업과의 협업에 동의했다. 이유는 다양하겠지만, 가장 중요한 지점은 바로 AKB48의 인기 회복과 새로운 방향성 모색일 것이다. AKB48과 케이팝은 비슷한 시스템을 공유하고 있기에 협업이 용이하지만, 그럼에도 불구하고 차이점은 존재한다. 그리고 이 차이가 현재 AKB48(및 일본 아이돌 산업)과 케이팝의 위상 차이를 만들었다. 원조이자 주요 참고 대상이었던 일본 아이돌 산업계가 자존심을 굽혀 가면서까지 케이팝과 협업해 얻어 내야만 하는 것이 생겼다는 뜻이다.

마츠다 세이코松田聖子, 소년대少年隊, 사카이 노리코酒井法子등으로 대표되는 1980년대 일본 아이돌 산업은 스맙SMAP, 토키오TOKIO, 아라시嵐, 킨키 키즈Kinki Kids 등으로 이어지며 1990년대를 거쳐 2000년대 초중반까지 20여 년간 전성기를 누렸다. 그런데 2000년대 초반 전성기를 누린 걸 그룹 모닝구 무스메モーニング娘의 인기가 쇠퇴하기 시작한 2000년대 중반 이후, 일본 아이돌 음악계는 전반적인 침체기에 들어갔다. 열성 팬들을 제외한 일반 대중 사이에서는 아이돌 음악의 인기나 개별 아이돌의 존재감이 지속적으로 하락했다. AKB48은 이런 상황에서 혜성처럼 등장했다.

도쿄 아키하바라의 한 소극장에서 처음 시작된 AKB48은 유명 작사가이자 프로듀서인 아키모토 야스시가 아이돌 그룹 양성을 위해 시작한 프로젝트였다. '만나러 가는 아이돌'을 콘셉트로 극장 공연을 개최하며 꾸준히 팬층을 다진 끝에 2010년 발표한 〈Heavy Rotation〉이 싱글 차트에서 100주 이상 머무르는 대히트를 기록하며 최고의 자리에 올랐다. 이후 몇 년간 일본 아이돌 업계는 그야말로 'AKB 천하'였다. 일본 역대 아이돌 싱글 판매량 1위를 기록하였고, 특히 방송 산업과 광고 산업에서 큰 비중을 차지하면서 문화 산업 전반에 큰 영향력을 발휘했다. AKB48의 가장 중요한 이벤트인 총선거는 매년 텔레비전 방송에서 생중계할 정도였다. AKB 멤버들은 음악 방송과 예능, 드라마, 라디오, 잡지, 영화, 광고에 숱하게 출연하며 높은 인지도를 얻었다. 더불어 노기자카乃木坂46이나 케야키자카欅坂46 등 AKB48과 기본 콘셉트를 공유하는 자매 그룹들까지도 상업적으로 성공을 거두었다.

하지만 2010년대 중반 이후 일본 내 AKB48의 인기는 지속적인 하락세에 있다. 특히 2016년부터는 방송 출연이나 광고 등의 미디어 노출도 대폭 감소하고 음원 성적은 하락했으며, 주요 수익원인 실물 음반·싱글·DVD 판매량과 콘서트 관객 수 역시 급감하고 있다. 이들의 인기 하락 원인을 한 가지로 특정할 수는 없겠지만, 일부에서는 AKB48이 그룹을 운영하는 방식이 어느 정도 한계에 봉착했음을 지적한다. 길고 체계적인 연습을 거쳐 노래·춤·랩 등 음악적인 능력을 갖춘 이후 소위 '완성형'으로서 업계에 데뷔하는 것이 일반적인 케이팝 아이돌과는 달리, AKB48은 프로의 능숙함이 아닌 아마추어의 미숙한 모습으로 데뷔하여 팬들의 물질적·정신적 지지를 통해 성장하는 것을 기본 콘셉트로 한다.[45] 그러나 이런 전략으로 인해 수익은 늘어났을지언정 정작 가수로서 갖춰야 할 필수 요소인 음악적 능력은 뒷전이 되어 버렸고, AKB48의 음악은 국내외에서 점차 경쟁력을 상실하였다. 따라서 AKB48로서는 변화와 반전의 계기가 필요한 상황인데, 〈프로듀스〉와의 협업은 이들로서도 새로운 활력을 불어넣는 기회였다.

글로벌 스탠더드

최근 10여 년 사이 무섭게 성장한 케이팝의 글로벌 영향력과 팬층도 AKB48과 일본 아이돌 산업이 〈프로듀스〉 및 케이팝과의 협업을 꾀하게 된 이유일 것이다. 사실 일본의 음악 시장 규모는 한국의 약 7배에 달한다.[46] 단지 규모만 큰 것이 아니라, 근대 대중음악으로서의 역사도 길고, 장르 다양성 측면에서도 우위에 있다. 또한 케이팝이 동아시아를 아우르는 음악이 되기 전인 1980년대와 1990년대, 지역에서 가장 인기 있는 음악은 제이팝으로 대표되는 일본 음악이었다. 아무로 나미에安室奈美惠, 미스터 칠드런Mr.Children, 자드Zard 등은 동아시아 전체의 스타였으며, 당시 일본 음악 상품 수입이 법으로 금지되어 있었던 우리나라에서조차 해적판 CD나 비디오테이프를 통해 유통되며 널리 알려졌을 정도였다. 그 결과 동아시아에서 한류가 본격화된 이후에도 일본은 비교적 냉담한 태도를 취해 왔다. 〈겨울연가〉 신드롬이 일본을 강타한 이후에도 이들은 한류의 인기를 중장년층 여성들에게 한정된 '찻잔 속의 태풍'으로 평가하는 경향이 강했다.

하지만 '동아시아 문화 선진국'으로서의 자존심을 고수하며 케이팝의 양적·질적 성장을 애써 모른 척하던 일본도 2000년대 말 이후부터 글로벌 시장에서 지속되고 있는 케이팝의 눈부신 성공을 더 이상 무시할 수 없게 되었다. 이러한 상황에서 케이팝 산업과의 협업은 한류 흐름에 편승하여 일본 음악 콘텐츠를 해외 시장에 알리는 기회가 될 수 있었다. 2010년대에 이르러 정부 차원에서 한류의 성공을 참고하려는 의도가 짙게 보이는 문화 정책인 '쿨 재팬Cool Japan'을 적극적으로 시도하고 있을 정도로 이제 일본은 한류를 강하게 의식하고 있으며, 특히 케이팝은 이미 자국의 아이돌 음악을 뛰어넘은 것으로 평가하고 있다.

현재 일본 아이돌을 대표하는 AKB48조차 케이팝 그룹들과 비교하면 해외 시장에서의 인지도는 매우 떨어진다. 이는 기본적으로 해외 음악 팬들이 일본 아이돌들의 음악 실력과 스타일에 만족하지 못하기 때문이다. 앞서 언급한 것처럼 AKB48이 보여 주는 '미숙함'은 사실 의도된 측면이 강하다. 그러나 이는 결국 해외 시장에서, 특히 비슷한 스타일인 케이팝과의 경쟁에서는 걸림돌이 된다. AKB48과 비슷하게 '미숙한 이들을 팬이 양육하여 성장시킨다'는 개념을 기반으로 한

〈프로듀스〉 시리즈와 비교하면 일본 아이돌 음악과 케이팝의 차이를 보다 쉽게 파악할 수 있는데, AKB48은 그 미숙함 자체가 매력인 반면, 〈프로듀스〉에서는 그 미숙함을 '극복'하고 글로벌 수준에 걸맞은 역량을 갖출 정도로 성장하는 것이 중요하다. 따라서 글로벌 수용자들은 최신 트렌드에 부합하며 뛰어난 수준을 자랑하는 케이팝에 비해 일본 아이돌 음악은 세련미가 떨어지며, 난이도 높은 군무와 가창력 뛰어난 보컬을 동시에 소화하는 한국 아이돌 그룹에 비해 일본 아이돌 그룹은 춤과 노래 실력 모두 한참 부족하다고 느낀다.

이로 인해 다수의 현역 일본 아이돌들이 떨어진 인기를 회복하기 위해, 케이팝 아이돌처럼 뛰어난 실력을 기르기 위해, 동시에 이를 바탕으로 케이팝의 글로벌 팬들 사이에서 자신을 알릴 기회를 얻기 위해 자신들을 참고삼아 만든 것이 분명한 한국 프로그램에 참여하는 역설적인 상황이 벌어진 것이다. 가령 2018년 AKB48 총선거에서 3위를 차지할 정도로 일본 팬들 사이에서 인지도가 있는 아이돌임에도 〈프로듀스 48〉에 연습생 신분으로 도전한 미야와키 사쿠라宮脇咲良는 '한국 아이돌은 일본에서도 인정받는데, 일본 아이돌은 일본을 벗어나는 순간 인정받지 못한다'고 밝히며 '한국 걸 그룹처럼 세계 최고가 되고 싶다'는 희망을 피력했다.[47] 그녀의 고백은 현재 한국과 일본 아이돌 그룹의 위상 차이 및 일본 아이돌의 음악 실력 부족에 대해 스스로 어떻게 인식하고 있는지 잘 보여 주는 흥미로운 장면이다. 제이팝의 전성기였던 1990년대로부터 20년 정도의 세월이 흐른 지금, 선생님이었던 제이팝이 학생이 된 반면, 배우는 입장이었던 한국 대중음악은 케이팝이라는 이름으로 선생님이 된 셈이다.

〈프로듀스 48〉이 국민 정서를 거스르지 않을까 하는 걱정은 다행히 기우에 그쳤다. 오히려 한국 시청자들은 국적에 상관없이 마음에 든 후보자들을 적극적으로 지원했다. 대형 인터넷 커뮤니티에서는 미야와키 사쿠라, 시타오 미우下尾みう, 야부키 나코矢吹奈子, 미야자키 미호宮崎美穂, 혼다 히토미本田仁美, 다카하시 쥬리高橋朱里 등의 일본 참가자들이 방송 기간 내내 꾸준히 화제에 오르며 큰 주목을 받았다.

상업적으로도 〈프로듀스 48〉은 비교적 성공적이었다. 1회에 1.1퍼센트였던 시청률은 꾸준히 증가해 최종회에는 3.1퍼센트를 기록하며 호의적인 반응을 얻었다. 프로그램 주요 시청자를 대상으로 하는 '2049 타깃 시청률' 및 다시 보기 서비스 등에서 좋은 반응을 얻으며 비드라마 부문 화제성 1위를 기록하는 등 상당한 영향력을 입증했다. 일본에서 한국과 동시간대에 방영된 〈프로듀스 48〉은 일간 버라이어티 부문 시청률 1위를 기록하기도 했다. 한일 음악 산업 간의 교류는 물론 양국 음악 팬들의 소통 가능성과 범위를 넓힌 의미 있는 일이었다고 할 수 있다.

　지금까지 한국에서 활동한 일본인 아이돌들은 트와이스처럼 케이팝 기획사가 발탁하여 케이팝 방식으로 훈련하고 데뷔시킨 이들이었다. 즉 국적만 일본인일 뿐 기본적으로 케이팝 소속이었으며, 스스로도 케이팝 아이돌의 정체성을 갖고 있었다. 그러나 아이즈원은 케이팝과 제이팝 시스템 모두를 딛고 서 있다는 점에서 둘 사이의 경계에 있다. 실제로 아이즈원은 한국에서는 한국 작곡·작사가가 써준 곡으로 활동하지만, 일본에서는 AKB48의 프로듀서인 아키모토 야스시의 관리하에 곡을 받고 활동한다. 공연에서는 한국 발매 노래(케이팝)와 일본 발매 노래(제이팝)를 모두 부른다. 이전까지 몇 차례 시도된 바 있는 다국적 그룹 프로젝트 중에는 가장 실질적인 합작이라고 부를 만한 아이즈원은 한일 양국에서 발매한 싱글과 앨범을 통해 국제적인 인기를 누리며 합작 프로젝트의 의미 있는 성공 사례로 기록됐다.

　흥미로운 부분은 비록 이들이 일본에서 일본 작곡가와 프로듀서가 만든 노래를 가지고 제이팝 아이돌 음악과 비슷한 성향의 노래로 활동을 하면서도 일본 대중에게 '케이팝 그룹'으로 여겨진다는 점이다. 이는 글로벌 인기 장르로서 케이팝이 갖고 있는 위상과 더불어, 일본 시스템에서 생산됐지만 한국 비즈니스 모델을 통해 발탁되어 여타 케이팝 그룹과 비슷한 방식으로 전 세계에 알려지고 보다 넓은 해외 무대에 선다는 점 등이 주는 한국적 특성 때문이라고 볼 수 있다. 한일 합작 그룹이지만, 그들이 갖는 성격은 한국적인 케이와 글로벌한 팝이 혼재된 케이팝의 이중성에서 크게 벗어나지 않는다.

하지만 〈프로듀스 48〉과 아이즈원은 여전히 한국과 일본이라는 국적에서 자유롭지 못하다. 일본인 참가자 시타오 미우와 한국인 참가자 조유리에 대해 시청자들 사이에서 벌어졌던 논란은 이를 잘 드러낸다.

AKB48 소속의 일본인 참가자 시타오 미우는 한국 시청자들로부터 높은 인기를 누렸지만, 그녀가 과거 전범 기업의 광고에 출연한 적이 있고 공개적으로 이토 히로부미伊藤博文를 존경한다고 밝혔던 점이 논란이 되었다. 일본인이 일본 기업의 광고에 출연하고, 일본의 위인 이토 히로부미를 존경하는 것은 이상하지 않다. 그러나 한국에서 방영하는 프로그램에 출연하는 출연자로서 이런 행동은 한국인들의 반일 감정을 직접적으로 자극했다. 그녀를 둘러싼 팬들 사이의 격렬한 논쟁은 한일 간에 존재하는 '국민감정'이라는 잠재적 위험 요소가 표면적으로 드러난 사례다. 반대로 한국에 대한 호감을 드러낸 이들, 가령 '친한파'를 자처하며 한국에 대한 남다른 애정과 한국어 실력을 과시했던 미야자키 미호는 일본 내 인기에 비해 한국 팬들에게 훨씬 높은 지지를 받았다.

　　더불어 한국 참가자 조유리가 위안부 배지를 달고 방송에 참가한 영상은 자연스럽게 반일 감정과 민족주의로 연결되며 한일 합작이 서 있는 살얼음판에 균열을 일으켰다. 조유리의 배지 착용에 대해 팬들은 한일 합작 프로젝트에 굳이 민감한 문제를 드러낼 필요가 있느냐는 조심스러운 접근부터 애국심에 호소하는 전략이라는 비판, 속이 시원하다거나 조유리를 비판하는 사람을 오히려 '명예 일본인'이라고 부르는 등 다양한 반응을 표출했다.[48] 결국 〈프로듀스 48〉과 아이즈원이 지향한 초국가적 합작이 아무리 성공적이라고 해도, 두 나라 간의 역사적 관계에 기초한 정서적인 갈등은 언제든 이런 합작의 토대를 흔드는 잠재적인 위협이라고 할 수 있다.

동아시아의 문화, 케이팝

〈프로듀스 48〉을 포함한 〈프로듀스〉 시리즈 전반에 대한 득표수 조작 논란이 제기된 2020년 1월 현재, 이 프로그램의 미래에 대해 섣부른 예측을 하기는 어렵다. 그러나 〈프로듀스〉가 케이팝 산업에 끼친 영향 중 주목해야 할 부분은 바로 이런 식의 국가를 넘나드는 협업, 특히 한국과 일본은 물론 중국까지 포함하는 동북아시아 3국 간의 문화 협업이 앞으로는 더 늘어날 것이라는 점이다. 이는 특유의 비즈니스 모델이나 음악 속에 담긴 정서 등과 같은 케이팝의 한국적인 특성을 국제화하는 계기가 될 수도 있지만, 동시에 글로벌 음악 장르로서 케이팝의 보편성을 더 강화하게 될 수도 있다. 케이팝의 정체성에 대한 논의가 더 복잡해질 수 있는 것이다.

〈프로듀스〉가 한국에서 크게 성공한 이후 중국에서는 엠넷으로부터 정식으로 판권을 구입하여 제작한 〈창조 101〉부터 별다른 판권 구입 절차를 거치지 않고 방영한 〈우상연습생〉 등 다양한 아류 오디션 서바이벌 프로그램이 제작되었다.[49] 그런데 이들 프로그램에서 케이팝 그룹 우주소녀의 중국인 멤버 성소는 심사위원으로, 같은 그룹의 또 다른 중국인 멤버인 선의와 미기는 참가자로 등장하여 각각 2위와 1위를 차지했다. 일본 AKB48의 영향을 받아 만들어진 한국의 〈프로듀스〉가 중국에 영향을 끼치고, 오리지널 AKB48 멤버가 〈프로듀스 48〉에 참여하여 한국 연습생들과 경쟁하는 동안 중국 출신 케이팝 아이돌은 〈프로듀스〉를 참고한 중국 프로그램에 참가해 중국 프로젝트 그룹의 일원으로 재데뷔하는 흥미로운 상황이다. 심지어 일본에서는 2019년 9월 〈프로듀스〉의 일본판인 〈프로듀스 101 Japan〉을 선보이기도 했다. 이런 상황에서, 가까운 시일 내에 한중일 3국이 함께 참여하는 〈프로듀스〉가 제작된다고 해도 놀랍지 않을 것이다.

이는 장기적으로 한중일 음악 시장이 국경을 초월하는

초국가적 시장으로 재편될 가능성을 시사한다. 실제로 〈프로듀스 48〉에 참여했지만 최종 12인에 선발되지 못한 일본 아이돌 다카하시 쥬리와 다케우치 미유竹内美宥는 일본 소속사와의 계약을 종료하고 한국 소속사로 옮겨와 활동하고 있다. 이는 한일 양국의 아이돌 산업이 과거와는 달리 일정 부분 인력 풀pool을 서로 공유하게 되었음을 보여 준다. 중국의 대형 연예 기획사 위에화 엔터테인먼트 역시 2016년 아예 한국 현지 법인을 설립하여 본격적으로 케이팝에 뛰어들었다. 위에화는 아이즈원의 한국인 멤버 중 한 명인 최예나의 소속사인데, 따라서 아이즈원을 한중일 3국의 합작 그룹이라고도 볼 수 있다.

물론 그 속에서도 한중일 3국의 언어 차이, 수용자 취향 차이와 더불어 유달리 민족주의적인 성향이 강한 이들 세 국가의 특성상 가수와 팬들의 국적을 통해 표출될 민족 정체성으로 인한 직간접적인 충돌은 쉽게 사그라들지 않을 것이다. 또한 3국 간의 정치 경제적 대립은 언제든 교류 양상에 영향을 미칠 것이다. 가령 사드 사태로 중국에서 한류에 직간접적인 압박이 가해진 것이나 케이팝 산업으로 건너온 다케우치 미유가 한일 관계 악화로 인해 2019년 7월로 예정되어 있던 신곡 출시를 석 달이나 연기할 수밖에 없었던 것 등이 대표적인 예이다.

그럼에도 불구하고 〈프로듀스〉와 아이즈원으로 상징되는 문화 교류와 합작, 통합이 3국의 해묵은 정치적·역사적 갈등 해소와 상호 이해 증진에 실질적으로 기여할 수 있음은 분명하다. 일본 AKB48의 시스템에서 착안한 한국의 〈프로듀스〉 시리즈를 통해 탄생한 그룹들이 케이팝의 일원으로 여겨지는 것처럼, 한국 〈프로듀스〉의 일본과 중국 현지화 버전 프로그램을 통해 탄생한 그룹들은 케이팝이 아닌 일본, 중국의 음악이 된다. 그러나 이들이 공유하는 공통의 정체성은 보다 다양한 형태의 합작을 가능케 할 것이며 이는 케이팝의 외연을 더욱 확장시킴과 더불어 '동아시아 문화'로서 케이팝의 보편적 정체성을 강화할 것이다. 외국과의 협업을 통해 케이팝의 K와 팝이 동시에 강화되는 아이러니한 상황은, 문화 교류를 통해 닮아 가며 서로 가까워지면서도 동시에 과거에 몰랐던 이질성으로 인해 새로운 갈등이 야기되는 문화 세계화의 일반적인 경향이기도 하다.

케이팝의 조건

케이팝 그룹에 한국인이 없다면?

2130만 명의 구독자를 가진 미국의 인기 유튜버 라이언 히가 Ryan Higa는 2016년 네 명의 다른 멤버들과 함께 5인조 그룹 'BgA'를 결성하였다.[50] BgA는 스스로를 케이팝 그룹이라 칭하지만, 정확히는 케이팝 스타일 음악과 뮤직비디오를 우스꽝스럽게 비튼 일종의 패러디 그룹이다. 이들의 첫 싱글인 〈Dong Saya Dae(똥 싸야 돼)〉는 2016년 빌보드 월드 뮤직 차트에서 2위를 차지할 정도로 미국·해외 케이팝 팬들의 큰 관심을 얻었다. 그룹 이름 BgA는 'Boys generally Asian(대체로 아시아계인 남자들)'의 준말이며 노래 제목 〈똥 싸야 돼〉는 'You're the Shit(너 끝내 준다)!'을 한글로 직역한 '너는 똥이다'에서 따온 것이다. 이는 BgA 멤버들이 중요하게 생각하는 케이팝의 조건과 관련이 있다. 이 곡의 뮤직비디오 도입부에서 BgA 멤버들은 케이팝의 조건에 대해 대화를 나눈다. 이들은 일단 케이팝 그룹은 한국계를 포함한 아시아인으로 이루어져야 하며 노래 속에는 의미가 있든 없든 무조건 한국어가 들어가야 한다고 주장한다. 실제로 다섯 명의 BgA 멤버는 모두 동아시아인이다. 라이언 히가는 일본계 미국인, 세 명은 한국계 미국인, 다른 한 명은 중국계 미국인이다.

이렇듯 한국뿐만 아니라 미국에서도 케이팝의 가장 중요한 조건은 바로 음악과 춤을 구현하는 실연자들의 민족적인 특성, 즉 한국계가 반드시 포함된 동아시아인이어야 한다는 점이다. 이것은 멤버 전원이 '토종 한국인'으로 이루어져 있는 BTS는 물론 태국인과 홍콩인을 포함하고 있는 갓세븐, 멤버의 거의 절반이 외국인인 트와이스, 한일 합작 그룹으로 한국어 싱글과 일본어 싱글을 번갈아 가며 발매했던 아이즈원을 모두 케이팝의 범주 안에 넣을 수 있는 중요한 이유다.

그런데 음악 스타일과 뮤직비디오 분위기가 일반적인 케이팝과 매우 흡사하며 심지어 케이팝 특유의 비즈니스 모델과 거의 똑같은 시스템을 통해서 만들어졌지만, 한국인이나 동아시아계 멤버가 전혀 없는 그룹이 있다면 이들도 여전히 케이팝 그룹이라고 부를 수 있을까?

AKPOP

케이팝이 미국을 비롯한 동아시아 바깥 지역에도 알려지기 시작한 2000년대 말 무렵부터 해외 팬들 사이에서는 케이팝 음악을 듣거나 뮤직비디오를 보면서 자신들의 반응을 녹화한 반응 동영상reaction video이나 케이팝 그룹의 춤을 따라 추는 커버 댄스cover dance 영상 등을 유튜브·소셜 미디어에 업로드하고 공유하는 것이 놀이 문화로 자리 잡았다. 2012년 전 세계를 강타했던 싸이의 '강남스타일 신드롬'은 이러한 놀이 문화의 영향력을 수면 위로 끌어올린 사례였다. 〈강남스타일〉 뮤직비디오를 본 수많은 팬들이 다양한 반응 동영상과 커버 댄스 영상을 올리고 공유한 덕에 노래가 입소문을 탔고, 화제가 된 후 더 많은 파생 영상들이 올라오는 일종의 바이럴viral 마케팅이 이루어졌기 때문이다. 해외 팬들 사이에서 케이팝은 단순히 수동적으로 보고 듣는 음악 상품을 넘어 팬들이 능동적으로 생산에도 참여하는 상호 작용interactive 콘텐츠이자 다양한 미디어 양식으로 재해석·재창조되는 트랜스미디어 transmedia 콘텐츠가 되었다.[51]

이런 해외 팬들이 기존 케이팝 음악과 춤을 재해석하고 재창조하는 것뿐 아니라, 직접 케이팝 스타일 음악을 만들고 부르는 방향으로 나아가게 된 것은 자연스러운 흐름이었다. 2012년 데뷔한 가수 채드 퓨처Chad Future는 비한국·비동아시아계로서 케이팝 가수가 되고자 한 실질적인 첫 번째 시도라고 부를 만하다. 단역 배우로 활동하던 미국 디트로이트 출신의 미국인 백인 남성 데이빗 레르David Lehre는 2010년대 초반 미국에서 알려지기 시작한 케이팝에 매료되었다. 이후 그는 채드 퓨처라는 활동명을 택한 후 몇 개의 디지털 싱글과 EP(미니 앨범) 음원을 발매하며 가수로서의 커리어를 쌓았다. 음악을 비롯해 그가 선보이는 춤, 뮤직비디오, 화장법, 의상 등은 케이팝과 매우 유사했다. 실제로 그는 케이팝을 미국에 이식하고 싶다며 자신의 음악을 에이케이팝AK-pop, 즉 '미국식

American 케이팝'이라고 칭했다. 그는 2016년까지 활동하며 케이팝 아이돌인 빅스VIXX 소속 라비, 베스티Bestie 소속 유지 등과 함께 부른 싱글을 발매하는 등 꾸준히 케이팝 시장의 문을 두드렸다.

그러나 채드 퓨처에 대한 케이팝 팬들의 반응은 냉소적이었다. 국내 팬들은 그의 존재에 무관심했고, 해외 팬들은 노골적으로 그에 대한 불호를 표현했다. 해외 케이팝 팬들이 채드 퓨처를 가장 크게 비판한 부분은 그가 스스로를 케이팝 가수라고 규정하면서도 한국말을 전혀 할 줄 모르고 노래도 영어로만 부른다는 것이었다.[52] 이들은 '비아시아계가 부르는 케이팝을 진지하게 받아들일 수 없다'는 반응을 보이기도 했고, '케이팝을 미국식으로 바꾸면 그것은 에이케이팝이 아닌 그냥 팝이 될 뿐'이라며 에이케이팝에 대해 근본적인 의문을 제기하기도 했다.

해외 팬들이 이런 반응을 보인 이유는 기본적으로 이들이 케이팝을 향유하면서 얻고자 하는 것은 보편적인 팝 음악이나 자신들의 지역 음악과는 다른 대안적인 어떤 것, 즉 '이국적이면서도 쿨한 한국성'이기 때문이다. 이런 점을 고려하면 미국 백인 남자가 영어로 케이팝을 부르며 '미국식 케이팝'을 추구하는 것은 팬들이 원하는 바와는 정반대에 가깝다. '에이케이팝'은 근본적으로 성립할 수 없는 개념이었던 셈이다.

세계에서 가장 논쟁적인 케이팝 그룹

비슷한 시기인 2010년대 초반, 채드 퓨처 말고도 '케이팝 가수가 되려면 꼭 한국인이어야 하는가?'라는 질문을 던진 사람이 또 있었다. 2014년 미국 컬럼비아대학교 석사 과정에 진학한 한국인 김보라는 음악적으로는 분명히 초국가적인 케이팝을 비한국인이 재현하는 것이 가능한지, 그리고 이것이 글로벌 문화 산업 내에서 어떤 의미를 지닐지 의문을 품고 이를 석사 논문 주제로 삼아 연구를 시작했다. 그리고 오디션을 거쳐 여섯 명의 비한국인 남성(백인 3명, 아시아계 1명, 흑인 2명)을 선발하고, 케이팝 아이돌 그룹으로 만드는 실험을 진행했다. 한국인이 없는 케이팝 그룹, 세계에서 가장 논쟁적인 케이팝 그룹[53] EXP 에디션은 이렇게 탄생했다.[54]

학위 논문을 위한 실험의 일부로 시작했지만, 그래도 그럴듯한 케이팝 그룹이 되기 위해서는 수준급의 노래와 춤 실력을 갖추는 것이 필수였다. 케이팝 그룹의 정체성을 구성하는 중요한 요소인 '한국말로 된 가사' 역시 포기할 수 없었다. 따라서 EXP 에디션 멤버들은 비록 전문적인 기획사의 시스템을 거친 것은 아니었지만 어쨌든 다른 케이팝 그룹처럼 몇 달 간의 트레이닝을 받았고, 컬럼비아대학교에 재학하고 있던 음악 프로듀서로부터 노래도 받았으며, 한국어 가사로 된 노래를 연습했다. 이러한 과정을 거친 EXP 에디션은 2015

년 싱글 〈Luv/Wrong〉을 발매하며 석사 논문 작성을 위한 프로젝트를 성공적으로 마쳤다.

그러나 열심히 춤과 노래를 연습했고 나름 팀으로서의 결속력도 갖추게 된 이들은 프로젝트가 종료된 후에도 가수로서 활동하기로 마음먹었다. 그리고 작은 규모의 뉴욕 공연장에서 무대를 꾸준히 선보이며 현지 케이팝 팬들의 관심을 얻게 되었다. 그 과정에서 두 명의 흑인 멤버가 탈퇴해 멤버가 네 명으로 줄었지만, 크라우드 펀딩을 통해 성공적으로 투자금까지 유치한 EXP 에디션은 2016년 케이팝 본국인 한국으로 건너왔다. 이후 한국에서 약 9개월 동안 본격적인 트레이닝과 한국어 강습을 받았고, 2017년 4월 한국의 한 케이블 채널에서 데뷔 무대를 선보이며 드디어 공식적인 '한국 진출'에 성공했다.

채드 퓨처에게는 큰 관심을 보이지 않았던 한국 케이팝 팬들은 '한국에서 활동하며 한국어로 노래한다면 케이팝이라고 볼 수 있다'며 EXP 에디션에게는 대체로 우호적인 반응을 보였다.[55] 그러나 한국 팬들을 유입시키는 데 문제가 된 부분은 이들의 실력이었다. 열심히 연습을 했다고는 하지만, 기획사의 전문적인 트레이닝 시스템을 거치지 않았기 때문에 이들의 노래와 춤 실력은 일반적인 케이팝 보이 그룹에 비해 분명 어설픈 부분이 있다. 한국어 가사 발음 역시 여전히 부자연스럽고 때로는 우스꽝스럽게 들리기도 한다. 이로 인해 많은 한국 수용자들이 이들의 음악과 무대에 몰입하기 어렵다고 지적했다.

반면 해외 팬들의 반응은 훨씬 더 매몰찼다. 이들의 유튜브 뮤직비디오 영상의 해외 팬들 댓글은 대부분 부정적이며, 이들 음악에 대한 반응 동영상에서도 수용자들의 비판적인 반응을 쉽게 찾아볼 수 있다. 그런데 한국 팬들과는 달리, 해외 팬들이 이들을 비판하는 이유는 단순히 음악 실력의 부족 때문이 아니다. 이들의 비판은 대부분 EXP 에디션의 활동이 '문화 전유cultural appropriation'라는 점에 초점이 맞춰져 있다.

문화 전유란 다른 문화에 대한 정확한 이해 없이 단순히 상업적인 목적으로 그것을 재현하고 흉내 내는 행위를 비판적으로 표현한 용어다. 케이팝 걸 그룹 마마무는 콘서트에서 상영한 영상에서 미국 인기 가수 브루노 마스Bruno Mars의 뮤직비디오를 패러디하면서 얼굴을 검게 칠하는 '블랙페이스blackface'분장을 한 적이 있었다. 블랙페이스는 20세기 초반까지 미국에서 백인들이 흑인들을 차별하고 그들의 이미지를 희화화하기 위해 사용했던 분장으로 인종 차별 요소를 담고 있어 금기시되는 행위다. 마마무가 이런 분장을 했던 것은 미국 흑인 문화에 대한 이해 없이 단순히 '흑인 흉내'를 내기 위한 것으로, 문화 전유의 대표적인 사례라고 할 수 있다. 해외 케이팝 팬들 다수는 EXP 에디션의 케이팝을 마마무의 블랙 페이스와 비슷한 방식으로 해석한다. 이들의 음악은 '가짜 케이팝fake K-pop'이며, 케이팝의 인기에 편승해 어설픈 한국어로 한국인 흉내를 내면서 한몫 잡아 보려는 문화 전유 행위에 불과하다는 것이다. 그러나 EXP 에디션과 공식적으로 이들을 위한 소속사 아임어비비IMMABB를 설립하여 대표가 된 김보라는 이를 부정한다. 케이팝은 여러 다양한 문화로부터 영향을 받은 음악이지만 이를 문화 전유의 결과라고 할 수 없는 것처럼, '한국인이 없는 케이팝 음악' 역시 케이팝의 특성인 혼종성을 드러내는 예시일 뿐이라는 주장이다. EXP 에디션은 스스로의 정체성을 '케이팝 그룹'으로 분명하게 규정한다.[56]

EXP 에디션에 대한 논란은 2018년 초반 불거졌던 브루노 마스의 문화 전유 논란과 비슷한 구석이 있다. 2018년 미국 그래미 시상식에서 브루노 마스는 주요 부문인 '올해의 앨범'과 '올해의 노래'를 포함해 총 7개 부문에서 수상하면서 미국 최고 가수의 지위에 올랐다. 그런데 시상식 직후, 한 흑인 사회 운동가가 브루노 마스의 음악을 '흑인도 아니면서 흑인 문화를 갈취한 문화 전유'라고 비난하면서 큰 파장이 일었다. 하와이 출신인 브루노 마스는 푸에르토리코인과 동유럽 유대인 사이의 혼혈인 아버지와 필리핀 이민자 출신 어머니 사이에서 태어났기 때문에 흑인과는 관련이 없는 인종적 배경을 갖고 있지만, 그의 음악은 R&B, 소울, 힙합, 뉴 잭 스윙 New Jack Swing[57] 등 흑인 음악을 기반으로 하고 있다. 그런데 그의 앨범이 '올해의 앨범' 부문 수상이 유력시되던 흑인 래퍼 켄드릭 라마Kendrick Lamar의 앨범을 누르고 그래미상을 받게 되자, 일부 흑인들이 이를 못마땅하게 여긴 것이다. 이에 대해 브루노 마스는 '나는 어린 시절부터 수많은 흑인 가수들의 음악을 듣고 성장해 왔고 그것이 내 음악의 뿌리'라고 밝히며 자신의 음악이 단순한 전유나 흉내 내기가 아니라 흑인 음악과 문화에 대한 깊은 애정과 이해를 바탕으로 한 재창조임을 강조했다.

　　흑인 음악과 케이팝에 문화 전유 논란이 발생하는 것은 두 장르 모두 주류 백인이 아닌 소수이자 비주류의 음악이고, 특정한 인종·민족 정체성과 강하게 밀착되어 있기 때문이다. 가령 백인으로서 전 세계에서 가장 유명한 힙합 가수가 된 에미넴Eminem의 자전적인 이야기를 담은 영화 〈8마일〉의 언더 그라운드 랩 배틀 장면에는 에미넴의 라이벌인 흑인 래퍼가 '백인 주제에 무슨 힙합이냐, 백인이 하는 힙합은 가짜다'라고 도발하는 장면이 나온다. 이처럼 힙합이 글로벌 인기 장르가 된 지 30년 이상의 세월이 흘렀음에도 '흑인이 하지 않는 흑인 음악은 가짜고 그것을 가지고 돈을 버는 타 인종은 도둑놈이다'라는 인식은 여전히 남아있다. 흑인 음악 분야가 이러한데, 비서구·비영어권 음악으로 영미 대중음악과의 차별성을 통해 개성을 어필해 온 케이팝에서 K를 분리하는 일은 여전히 어려울 수밖에 없다. 음악적으로나 외적 이미지가 케이팝과 크게 다르지 않다고 해도, 한국인이 없는 케이팝은 진정성을 항상 의심받기 때문이다.

케이팝의 경계

비록 한국계가 전혀 없지만, EXP 에디션은 한국어로 노래를 부르고 '본토 케이팝'의 일원이 되기 위해 한국으로 건너와 정식으로 데뷔를 했다. 그런데 한국계가 전혀 없을 뿐만 아니라 노래도 한국어로 부르지 않는 그룹이 있다면, 이들까지도 케이팝의 범주 안에 포함시킬 수 있을까?

2019년 3월 한국의 기획사 제니스미디어콘텐츠는 '케이팝을 기반으로 하는 새로운 아시아 음악을 추구한다'는 것을 기치로 내건 '지팝Z-pop 드림 프로젝트'를 출범시켰다. 이 프로젝트는 한국 회사가 케이팝 특유의 트레이닝 시스템과 음악 제작 방식을 통해 아이돌 그룹을 만들고 데뷔시킨다는 점에서 일반적인 케이팝 그룹 제작 방식과 동일하다. 그러나 이들이 자신들의 음악을 굳이 케이팝이 아닌 '지팝'으로 칭하는 것은, 한국인이 아닌 일본, 태국, 인도, 필리핀, 인도네시아 등 다양한 아시아 국가 출신들로 그룹을 구성해 영어로 노래를 부르기 때문이다. 자신들의 음악은 '케이팝'이라기보다는 '아시아 팝'이며, 특히 전 세계 Z세대를 대상으로 하기 때문에 지팝이라고 부른다는 것이 이들의 콘셉트다.

케이팝 특유의 비즈니스 모델은 케이팝을 규정하는 중요한 특성이다. 지팝은 한국 기획사를 통해 이러한 비즈니스 모델하에 만들어졌다는 점에서 케이팝으로 볼 수 있다. 그러나 한국보다는 해외 시장에 더 중점을 두고 있다는 점, 결정적으로 한국인 멤버가 한 명도 없고 한국어로 노래하지도 않는다는 점에서는 일반적인 케이팝 그룹과 궤를 달리한다.

외국 팬들은 특히 이 프로젝트를 통해 탄생한 지보이즈와 지걸즈에 속해 있는, 케이팝 그룹에 최초로 등장한 인도 출신 멤버에 주목한다. 다양한 외국인들이 케이팝 그룹 멤버로 활동해 왔지만, 이들은 대부분 동아시아 출신이었다. 따라서 인도인 멤버는 지팝 그룹들의 정체성을 특별하게 만드는 중요한 요소가 된다. 실제로 이들의 유튜브 뮤직비디오 댓글 대부분은 인도인 멤버에 관한 이야기다. 한국, 중국, 일본인으로 한정되던 아시아인의 카테고리에 인도인을 비롯한 다양한 아시아인들이 보이게 되어 기쁘다는 내용이 주를 이룬다. 그러나 한국 팬들은 지보이즈나 지걸즈를 케이팝으로 여기기보다는, 아시아인들로 그룹을 채워 어설프게 케이팝 흉내를 내면서 동남아시아 현지 팬들을 공략하고자 하는 케이팝의 아류

정도로 치부하곤 한다.[58]

　이는 한국어로 노래를 부른 EXP 에디션이 한국 팬들로부터 비교적 긍정적인 반응을 이끌어 냈지만 해외 팬들로부터는 비판을 받은 것과 상당히 대조된다. 이러한 차이가 나타나는 이유는 크게 두 가지로 생각해 볼 수 있다. 첫째로 해외 팬들, 특히 동아시아 바깥 지역 팬들에게 케이팝은 한국뿐 아니라 아시아성의 문화적 상징으로 여겨진다. 따라서 BgA가 언급한 케이팝 속 아시아인이란 중국, 일본뿐만 아니라 필리핀, 태국, 심지어 인도계까지도 모두 아우르는 폭넓은 개념이다. 그러나 한국인들에게 남아시아 국가 인도는 문화적으로 매우 멀게 느껴지는 곳이다. 이는 그룹 내에 한국인이 없다는 사실, 영어로 노래를 부른다는 점과 함께 한국 팬들이 지팝 그룹들을 꺼림칙하게 바라보는 이유가 된다. 둘째로 한국 팬들은 서양인들이 케이팝을 좋아하고 그것을 재현하려는 것에 대체로 관대하며 우호적으로 바라보는 경향이 있는 반면, 아시아인들에게는 묘하게 우월감을 표시하거나 때로는 깔보고 무시하는 시선을 드러내는 경우가 잦다. 따라서 EXP 에디션과 지팝 그룹들에 대한 상반된 반응은 해외 팬들의 케이팝에 대한 인종적·민족적 인식을 보여 줌과 동시에 민족주의와 서양 흠모에 기반한 한국 팬들의 다소 인종 차별적인 태도를 드러낸다고 볼 수 있다.

비록 케이팝과의 차별성을 강조하고는 있지만, 한국인이 하나도 없고 한국어로 노래를 부르지 않아도 케이팝 비즈니스 모델을 바탕으로 한국 기획사가 생산해 낸 그룹이라는 점에서 지팝 그룹들은 또 다른 형태의 케이팝으로 볼 수 있다. 하지만 아예 생산까지 다른 나라에서 담당하면 어떨까?

케이팝이 동아시아 전역에서 큰 인기를 누리기 시작한 지 어느덧 20여 년의 세월이 흘렀다. 그동안 동아시아를 중심으로 다양한 국가에서 케이팝을 참고 대상으로 삼아 자국의 음악을 만들어 왔다. 이러한 흐름은 케이팝에 대한 초보적인 수준의 모방부터 케이팝 산업에 종사했던 인력들을 스카우트 해 보다 적극적으로 케이팝 같은 음악을 만들고자 애쓰는 창작 행위까지 다양한 형태로 나타난다.[59] 영미 음악과 제이팝을 주요 참고 대상으로 삼아 형성·발전된 케이팝이 이제 다른 나라들의 참고 대상이자 롤 모델이 된 것이다.

남성 아이돌 그룹 B1A4를 거의 그대로 베낀 것으로 여겨져 한국은 물론 현지 미디어로부터도 비판을 받았던 중국의 남성 그룹 결승단決勝團이나 원더걸스의 〈Nobody〉, 샤이니의 〈링딩동〉 등을 무단으로 번안했던 캄보디아 그룹들은 초보적인 모방의 대표적인 사례다.[60] 반면 2009년 데뷔해 2015년까지 활동했던 태국의 4인조 인기 여성 그룹 캔디 마피아Candy Mafia는 조금 더 발전된 형태의 케이팝 현지화와 재창조에 가깝다. 캔디 마피아는 한국에서 아이돌 그룹의 기획과 육성 관련 업무를 담당하던 전문가가 태국으로 건너가 자신의 노하우를 태국에 접목하여 탄생시킨 그룹이다. 그래서 그런지 이들의 데뷔곡 〈Mafia〉는 국내외에서 큰 인기를 얻었던 케이팝 그룹 투애니원2NE1과 음악 스타일부터 패션, 춤, 무대 매너, 뮤직비디오 색감과 분위기까지 매우 비슷하다. 그러나 몇 년이 지난 2013~2014년에 발표한 〈Automatic〉, 〈Cliché〉, 〈My Boy〉 등의 노래에서는 여전히 케이팝과 비슷하지만 단순한 모방에서 벗어나 자신들만의 색깔을 확립해가려는 모습을 보인다.

캔디 마피아 외에도 태국 음악 산업은 페 팡 께오Faye Fang Kaew, 가이아GAIA 등의 그룹을 통해 케이팝의 토착화를 위해 꾸준히 노력하고 있다. 이들의 음악은 태국의 이니셜 'T'를 결합한 티팝T-pop으로 불리며 자국과 일부 동남아시아 지역에서 상당한 인기를 누리고 있다. 이런 흐름은 한국 오디션 프로그램을 자주 리메이크하고 케이팝 그룹과 비슷한 그룹을 꾸준히 양성하는 등 적극적으로 케이팝을 참고하는 중국은 물론 베트남 등 다른 동아시아 지역에서도 쉽게 발견할 수 있다. 티팝과 마찬가지로 베트남에서는 케이팝의 영향 아래 만들어진 젊은 취향의 세련된 자국 주류 대중음악을 케이팝을 참조한 이름인 '브이팝V-pop'으로 부른다. 심지어 중앙아시아에 위치한 카자흐스탄에서도 케이팝의 영향을 받아 만들어진 젊은이들의 댄스팝을 큐팝Q-pop이라고 부르기도 한다. 해외에서 만들고 외국인들이 자국어로 부르는 지역 음악이지만 케이팝과 매우 유사한 형태의 현지화된 케이팝인 것이다.

미국의 힙합은 한국 사람이 한국어로 만들고 부르며 현지화해도 여전히 힙합이다. 그렇다면 케이팝이 태국과 베트남, 카자흐스탄으로 건너가 현지화된 티팝이나 브이팝, 큐팝 등은 어떻게 규정해야 할까? 한국의 힙합을 케이힙합이라고 부르는 것처럼, 그리고 채드 퓨처가 자신의 음악을 에이케이팝이라고 부르려 했던 것처럼 이들 음악도 티케이팝TK-pop, 브이케이팝VK-pop, 혹은 큐케이팝QK-pop이라고 부를 수 있을까?

힙합의 경우 '진짜 힙합'이 갖춰야 하는 특정한 인종·계급 정체성에 대한 요구가 여전히 존재하지만, 가사의 라임, 리듬 패턴, 작곡 방식 등의 음악적 특성 역시 힙합을 힙합답게 하는 중요한 요소다. 따라서 한국인이 부르는 사랑 노래도 라임을 맞춰 작사한 후 그것을 특정한 리듬에 실어 전달하면 힙합이 된다. 그러므로 힙합이 세계화되는 과정에서 본래의 인종·계급 정체성이 사회적·문화적 맥락이 상당히 다른 일부 지역에서 희미해지거나 다른 방식으로 구현된 것은 지극히 자연스러운 일이었다.

즉 케이팝 역시 진정한 글로벌 장르가 되려면 자신의 국가·민족 정체성을 상징하는 K를 보류해야 한다는 일부의 주장은 분명 일리가 있다. 하지만 힙합과는 달리 케이팝이 전 세계에서 본격적인 현지화 또는 토착화가 이루어져 진정한 의미에서의 글로벌 음악이 된다면 그것은 브이팝, 티팝, 큐팝의 형태로 나타날 것이며, 그 경우 해당 지역에서 장르로서의 케이팝은 자연스럽게 소멸할 가능성이 높다는 것이 케이팝이 갖고 있는 딜레마다.

케이팝 어벤져스를 반기지 않는 팬덤

2019년 10월 케이팝 그룹 슈퍼엠은 데뷔하자마자 빌보드의 메인 앨범 차트인 빌보드 200 1위에 올랐다. 슈퍼엠은 샤이니의 태민, 엑소의 백현과 카이, NCT의 태용과 마크, 웨이브이WayV의 루카스와 텐으로 이루어진 SM의 프로젝트 그룹이다. 데뷔 전부터 '케이팝 어벤져스'라고 불릴 만큼 큰 기대를 모았다. 기대에 걸맞게 이들은 BTS에 이어 두 번째로 빌보드 1위 케이팝 가수가 되었다. 일부에서는 이들의 1위 기록이 실물 음반에 각종 MD[61] 상품과 콘서트 티켓을 엮어서 판매하는 편법 마케팅 덕분이라고 비판했다. 그러나 이런 '끼워 팔기' 식 마케팅은 몇 년 전부터 테일러 스위프트 등 세계적으로 높은 인기를 누리는 다른 가수들도 많이 사용해 온 전략이다. 따라서 비슷한 마케팅 전략을 사용하는 수많은 가수들 사이에서 1위를 차지했다는 것은 분명 슈퍼엠 멤버들과 케이팝 자체의 미국 내 충성도 높은 팬덤 덕분이라고 볼 수 있다. 과거 인기 록 밴드 출신 멤버가 모인 슈퍼 그룹들이 음악이 나오기도 전부터 결성 소식만으로 팬들의 관심을 얻고, 앨범 발매 즉시 차트에서 좋은 성적을 거뒀던 것과 비슷한 맥락이다.

그런데 빌보드 200 1위를 차지한 이 앨범은 국내 앨범 차트에서는 힘을 쓰지 못했다. 2019년 10월 국내 월간 음반 판매량 순위에서 7위에 그친 것이다. 낮은 순위는 아니지만 빌보드 1위라는 기록과 비교하면 그다지 인상적이지 못한 결과다. 심지어 3주 이상 늦게 발매된 태연의 앨범보다 덜 팔렸다.[62] 각종 국내 음원 사이트에서도 이들의 싱글 〈Jopping〉은 발매 직후 잠시 차트에 등장했다가 곧 사라진 후 다시 모습을 보이지 않았다. 초창기의 BTS가 국내보다 해외에서 인기가 있었다고는 하지만, 적어도 해외에서 정상에 오른 2017년 무렵이면 국내에서도 상당한 고정 팬을 확보하고 있었고, 빌보드 200 1위를 차지한 앨범과 여기에 수록된 싱글들은 국내 케이팝 팬 사이에서도 폭발적인 반응을 얻었다. 하지만 슈퍼엠은 해외에서의 좋은 반응과 대조적으로 국내에서의 반응은 시큰둥한 편이다. 특히 샤이니와 엑소의 팬들은 '인기 없는 소속사 후배 그룹 NCT를 띄우기 위해 군 입대 전까지 솔로나 소속 그룹 멤버로 한참 활동해야 할 태민이나 백현을 동원하는 것은 원치 않는다'며 대부분 부정적인 태도를 취했다. 슈퍼엠의 결성과 활동에 큰 관심을 갖고 전폭적인 지지를 보낸 해외 팬들의 반응과 대조적이다.

슈퍼엠 사례는 케이팝의 해외 인기에 국내에서의 인기가 더 이상 필요조건이 아님을 보여 준다. 동시에 국내 팬과 해외 팬 사이에 분화가 일어나고 있으며, 케이팝 산업에 대한 해외 팬의 영향력도 날이 갈수록 커지고 있음을 알 수 있다. '본진'의 중요성이 점차 감소하고 있는 것이다.

팬덤의 진화와 전 세계적 확장

1970년대 서로 신경전을 벌일 정도로 열성적이었던 나훈아와 남진의 팬들부터 1980년대 조용필과 소방차에게 열광적인 환호를 보내던 '오빠 부대'를 거쳐 1990년대 H.O.T.와 젝스키스 등 1세대 아이돌을 조금이라도 가까이에서 보기 위해 스타의 집 앞에서 노숙도 불사하던 '빠순이'까지, 한국 가요계의 열성 팬 문화는 역사가 깊다. 그러나 오빠 부대든 빠순이든 이들을 지칭하는 용어들의 뉘앙스는 다분히 부정적이고 냉소적이었으며, 성차별적이었다. 이들의 자발적이고 열성적인 '팬질'은 많은 이들에게 무비판적으로 스타를 숭배하는 한심한 행동, 또는 10대 여성들이나 하는 철없는 행위로 여겨졌다.

이런 인식이 바뀐 것은 2000년대 후반부터다. 중화권을 중심으로 인기를 얻었던 아이돌 음악은 새로운 세대에 접어들며 일본과 태국 등을 포함한 동아시아 전역은 물론 동아시아 바깥에서도 차츰 인지도를 확보하기 시작했고, 해외 팬으로부터 케이팝이라는 이름도 부여받았다. 그리고 〈강남스타일〉 신드롬이 전 세계를 강타할 무렵, 경멸에 가까웠던 오빠 부대나 빠순이 같은 용어는 스포츠·영화 등 좀 더 일반적인 대중문화의 팬층을 집합적으로 나타내는 비교적 순화된 외래어 팬덤fandom으로 대체되기 시작했다.

케이팝 1세대 빠순이와 2세대 이후 팬덤 행동 양식의 가장 큰 차이점은 팬들 내부의 자체적인 자정 작용이 보편화되었다는 점, 팬 활동의 외연이 크게 확장되었다는 점이다. 물리적 충돌까지 일어나곤 했던 팬클럽 간의 갈등, 좋아하는 가수의 열애설 상대에게 면도날을 넣은 편지와 혈서를 보내는 등 폭력적이고 반지성적인 집단행동으로 상징되던 팬 활동은 '우리의 잘못된 행동이 우리뿐만 아니라 우리가 좋아하는 스타의 이미지까지 훼손한다'는 자성으로 이어졌다. 그리고 '선행을 통해 우리와 스타의 이미지를 개선하자'는 방향으로 나아갔다. 그 결과 팬들이 십시일반으로 돈을 모아 팬클럽과 스타의 이름으로 저소득층에게 쌀과 각종 물품을 기부하거나, 보육원 등 사회 시설에서 봉사 활동을 하며, 지구 온난화 방지를 위한 숲 조성 기금을 기탁하는 등의 자선 활동이 보편적인 '팬덤 기부 문화'가 되었다.

하지만 그와 동시에 케이팝 팬덤은 여전히 유달리 높은 충성도, 결속력, 집착, 경쟁심을 자랑한다. 지지하는 가수의 음원이 발매되면 팬클럽 조직을 동원한 전략적 소비인 소위 '총공(총공격의 줄임말)'을 통해 집중적으로 해당 음원을 재생하거나 다량의 실물 앨범을 구매하여 차트 순위를 한 칸이라도 더 올리려고 열과 성을 다한다. 온라인에서는 소셜 미디어에 관련 해시태그를 최대한 많이 입력하여 화제성을 올리는

가 하면, 대형 인터넷 커뮤니티에 스타의 음원에 대한 긍정적인 글과 댓글을 끊임없이 생산한다. '사생 팬'과 '홈마'[63]로 대표되는, 스타의 사생활을 침범할 정도로 강한 집착을 보이는 팬들은 여전히 존재하며, 가끔은 이들 중 일부가 기획사와 일종의 '딜'을 통해 비공식 스태프나 팬클럽의 공식적인 핵심 멤버로 활동하기도 한다. 경쟁 그룹의 팬덤과 온라인에서 말다툼을 벌이거나, 때로는 조직적으로 타 그룹에 대한 음해 공작을 펴기도 한다. 이렇듯 케이팝 팬덤은 일종의 선행 공동체적인 성격을 지니게 되었지만 여전히 지나칠 정도로 열정적이고 때로는 배타적이다.

이렇게 이중적이고 종종 모순적인 성격을 가진 케이팝 팬덤의 범위는 2세대부터 크게 확장되었다. 우선 여성으로 한정되던 열성 팬의 성별은 다른 성별로도 확대되었으며, 특히 여성 팬에 비해 비교적 소극적인 태도를 보여 온 남성 팬들의 행동도 훨씬 더 적극적이고 활발해졌다. 그리고 10대에서 20대 초반에 한정되어 있던 대다수 팬의 연령대가 30대를 넘어 40대, 심지어 50대 이상으로까지 확대되었다. 종종 자기보다 훨씬 어린 친구들을 유사 연애, 심지어 성적 대상으로 바라본다는 의심과 비판을 받기도 하지만, 이들은 '이모 팬' 또는 '삼촌 팬'이라는 이름으로 불리며 스타의 든든한 지원군이자 보호자를 자처한다. 이러한 분위기에 힘입어 이제는 중장

년층의 성인이 아이돌의 팬임을 밝히는 것도 과거와는 달리 부끄러운 일로 여겨지지 않는다.

케이팝의 인기가 전 세계적으로 확장되면서 케이팝 팬덤 문화 역시 전 세계로 수출되었다. 단순히 해외 팬이 증가했을 뿐 아니라, 국내 팬덤의 특성인 높은 충성도와 결속력은 물론 자발적인 기부 등 선행을 통해 팬덤과 스타의 이미지를 동시에 높이는 행동 양식 등이 모두 그대로 이식된 것이다. 음악 평론가 김윤하는 아이돌과의 깊은 정서적 교류와 동일시, 함께 성장하기를 모토로 하던 국내 팬덤과는 달리 초기 해외 케이팝 팬덤은 커버 댄스나 반응 동영상을 통한 케이팝 즐기기를 우선시하는 경향이 있었다고 분석한다.[64] 그러나 이러한 차이는 〈강남스타일〉 이후 해외 시장이 급격히 확장되고, 폐쇄형 커뮤니티가 아닌 개방적인 소셜 미디어를 중심으로 팬 활동이 이루어지면서 상당히 달라졌다. 물론 여전히 케이팝을 유희의 도구로 삼으며 즐기는 것이 해외 팬들의 보편적인 팬 활동이지만, 이제 케이팝 팬덤은 국가나 지역에 얽매이지 않고 쉽게 서로 교류할 수 있게 되었고 그 결과 글로벌 팬덤도 한국 팬덤의 일반적인 행동 방식과 비슷하게 활동하게 되었다. BTS의 글로벌 팬클럽 아미ARMY가 대표적이다. 빌보드 싱글 차트 순위를 올리기 위해 조직적으로 움직여 BTS 노래를 대량으로 라디오에 신청했던 것이나 BTS와 빅히트가 주도한 기부 캠페인 'LOVE MYSELF'에 전 세계 아미가 1년간 총 16억 원가량을 기부했던 것은 한국 케이팝 팬덤의 행동 패턴과 매우 유사하다.

수출형 아이돌

이렇듯 여전히 해외 케이팝 팬들은 한국에서의 인기를 강하게 의식하고 있으며, 팬덤 행동 방식을 포함한 한국 케이팝 신 scene의 일거수일투족에 높은 관심을 갖고 있다. 한국에서 인기를 얻은 케이팝 그룹은 그 즉시 해외 팬덤을 확보하게 되며, 한국 방송에 출연한 영상이나 행사 직캠 등은 유튜브와 소셜 미디어 등 온라인 미디어 플랫폼을 통해 실시간으로 공유된다. 그러나 근래 들어 해외 케이팝 팬덤의 변화가 감지되고 있다. 슈퍼엠의 빌보드 200 1위를 통해 최근에 두드러지기는 했지만, 사실 최근 2~3년 사이 국내에서의 인기와 상관없이 해외 수용자의 취향을 만족시키는 음악과 그룹이 충성도 높은 팬덤을 확보하는 사례는 빈번히 일어나고 있다. 이는 해외 팬덤의 취향이 국내 팬의 취향과 점차 분화되고 있음을 뜻한다.

정식 데뷔 전부터 해외 팬들의 높은 관심을 받으며 상당한 인기를 누리고 있지만 국내에서는 큰 반향을 얻지 못하고 있는 그룹 카드KARD가 대표적이다. 이들은 젝스키스, 핑

클, 카라 등을 배출한 기획사 DSP 소속으로, 최근 케이팝 아이돌 그룹 사이에서는 보기 힘든 혼성 그룹(남성 2명, 여성 2명)이다. 카드는 한국보다 해외에서, 중국·일본 등 동아시아보다 북남미 및 유럽 지역에서 좋은 반응을 얻고 있는 이례적인 케이스다. 이들이 2017년에 발매한 싱글 〈Rumor〉는 글로벌 음원 사이트 아이튠즈 케이팝 차트 총 13개국에서 1위를 차지했는데, 미국과 브라질, 아르헨티나 등 미주 지역에서 가장 좋은 반응을 얻었다. 또한 카드 관련 유튜브 영상은 전체 조회수의 4.3퍼센트만 한국에서 조회된 것으로 나타나고 있다. 대부분의 시청은 남미 지역에서 발생한다.[65] 그래서 카드는 한국보다 남미 지역에서 더욱 활발히 활동하고 있다. 2019년 이들은 국내에서는 디지털 싱글 두 곡만을 발매하며 잠깐 활동했을 뿐 실물 음반도 내지 않고 공연도 하지 않았지만, 브라질에서는 상파울루São Paulo나 리우데자네이루Rio de Janeiro 같은 대도시는 물론 헤시피Recife, 포르투알레그리Porto Alegre 등 지방 도시까지 순회하는 전국 투어를 성공적으로 완수했다. 카드는 2017년부터 매년 브라질에서 순회공연을 하고 있는데, 실제로 이들은 단기간에 브라질을 가장 많이 찾은 케이팝 가수로 알려져 있다.

카드의 해외 시장 성공에 대해 일부 평론가들은 현재 주류 케이팝의 일반적인 흐름과 거꾸로 간 것이 오히려 매력이 되었다고 분석하기도 한다.[66] 카드는 잘 다듬어진 세련됨보다는 풋풋한 아마추어리즘을, EDM과 힙합을 기반으로 하는 일반적인 케이팝의 음악 스타일보다는 댄스홀dancehall[67]과 라틴 팝을 중심으로 하는 독자적인 스타일을 추구한다. 또한 혼성 그룹만이 할 수 있는 다양하고 긴장감 넘치는 무대 퍼포먼스를 보여 주고, 국내 팬덤 확장의 주요 기반인 방송 출연에 연연하지 않는다. 이처럼 기존 케이팝 그룹과 다른 카드의 특성은 한국 팬덤과는 다른 음악적·정서적 취향을 가진 해외 팬들을 만족시켰다. 반면 국내 케이팝 팬들을 끌어들이는 데에는 방해 요소로 작용하기도 했다. 예를 들어, 혼성 그룹이라는 특성은 유사 연애 감정을 포함한 정서적인 몰입을 중시하는 국내 케이팝 팬들에게 환영받지 못했다.

몬스타엑스Monsta X, 갓세븐, 세븐틴Seventeen 등의 3세대 남성 케이팝 그룹 역시 해외에 충성도 높은 팬덤을 보유하고 있다. 카드와는 달리 이들은 지상파 음악 방송 순위에서 종종 1위를 기록할 정도로 국내에도 비교적 단단한 팬덤을 보유하고 있지만, 해외 케이팝 팬들 사이에서의 인기는 그 이상이다. 몬스타엑스는 2019년 9월 싸이와 BTS가 출연했던 미국 지상파 인기 토크쇼 엘런 드제너러스 쇼The Ellen DeGeneres Show에 출연하고, 미국 전역을 도는 투어를 할 정도로 미국에서 큰 인기를 누리고 있다. 같은 해 세븐틴은 일본 전국 투어에서 12회의 콘서트를 모두 매진시키며 20만여 명의 관객을 동원했고, 갓세븐은 미주와 유럽, 아시아 전역 약 20개 도시를 순회하는 월드 투어를 성공적으로 마쳤다. 그 외에도 스트레이 키즈Stray Kids, 뉴이스트NU'EST 등도 국내보다 해외에서 더 존재감이 높은 그룹이며, 슈퍼엠에서 논란의 원인이 됐던 NCT 역시 해외에서는 상당한 인지도를 확보한 그룹이다.

3세대 여성 그룹도 마찬가지다. 필리핀에서 거의 '국민 걸 그룹'에 가까운 지위를 얻고 있는 모모랜드Momoland나 태국과 홍콩 출신 멤버를 보유한 다국적 그룹 CLC는 유튜브 조회 수나 소셜 미디어에서의 언급 빈도 등에서 해외의 비중이 압도적으로 높다. 두 그룹의 유튜브 영상 조회 수 가운데 한국의 비중은 각각 8.2퍼센트, 7.3퍼센트에 불과하다.[68] 심지어 다양한 장르의 주류·인디 음악인들이 총출동하는 미국의 대형 음악 페스티벌 코첼라Coachella에 케이팝 걸 그룹으로서는 최초로 출연하여 해외에서 큰 화제가 됐던 블랙핑크 역시 국내보다 해외 팬덤의 규모가 훨씬 크고 충성도도 더 높다.

이런 그룹들은 일명 '수출형 아이돌'이라고 불린다. 카드처럼 국내 케이팝 팬덤의 일반적인 취향에 부합하는 것은 아니지만 해외 수용자를 만족시킬 수 있는 음악과 이미지, 퍼포먼스로 해외 시장에 주력하기 때문이다. 과거 2세대 때도 빅뱅, 슈퍼주니어 등 일부 정상급 가수들은 국내보다 해외에서 벌어들이는 수익이 훨씬 컸고, 일본·동아시아·월드 투어 등을 돌며 국내를 오래 떠나 있기도 했다. 그러나 당시 이들의 최우선 목표는 여전히 국내 팬덤을 만족시키는 것이었다. 따라서 앨범이나 싱글을 발매하면 무조건 국내 지상파 및 케이블 방송 음악 순위 프로그램과 예능에 출연하고 수차례 팬 미팅과 사인회를 가졌으며, 공연을 하거나 대학 축제·지방 축제를 포함한 크고 작은 행사 무대에 섰다. 해외 팬덤 역시 본국인 한국에서의 인기도와 활동 여부에 항상 크게 신경을 썼다. 그러나 3세대 수출형 아이돌은 그렇지 않다. 이들은 앨범이나 싱글을 발매해도 국내 활동은 1~2주 정도로 짧게 마무리하고, 곧바로 해외 콘서트와 팬 미팅 등에 집중한다. 그러니 국내 방송 프로그램에는 자주 나올 수 없어 대중적인 인지도가 낮고, 팬들과 직접 마주할 수 있는 기회가 적어 충성도 높은 팬덤의 규모도 크지 않다.

수출형 아이돌이 존재할 수 있게 된 것은 케이팝의 글로벌 시장이 양적, 질적으로 크게 성장했기 때문이다. 2세대 때만 해도 월드 투어나 일본에서 5대 돔(돔 구장) 또는 아레나 arena급[69] 투어로 관객을 동원할 수 있는 정상급 가수가 아닌 이상, 보통의 케이팝 가수들에게 해외 시장은 지출 대비 수입이 높지 않거나 아예 손해를 봐야 할 정도로 수익성이 크지 않았다. 그러나 BTS의 대성공 전후로 해외 케이팝 팬덤이 대폭 확장되며 규모 면에서 국내 팬을 압도하게 되고, 특히 미국이나 유럽 등 구매력 있는 나라들이 케이팝 팬덤의 영역으로 들어오면서 케이팝 해외 시장의 파이는 매우 커졌다. 케이팝 팬덤 연구소 블립Blip의 자료에 따르면 2019년 8월 전 세계에서 발생한 케이팝 관련 유튜브 영상 조회 수 중 한국의 비중은 단 10.1퍼센트에 그쳤을 정도다.[70]

이제 케이팝은 해외에서 훨씬 더 많이 소비된다. 그 결과 아이돌 그룹과 기획사는 해외 팬덤만 확보해도 어느 정도 수익을 낼 수 있게 되었다. 이에 따라 국내와 해외 팬덤 사이의 취향 분화는 국내 케이팝 기획사와 가수들에게 또 다른 가능성을 제공하게 되었다. 아울러 케이팝 신 전반에 대한 해외 팬덤의 영향력은 크게 증가했다. 해외 팬들은 국내 팬과는 다른 자신들의 요구를 기획사와 아이돌에게 표현하기 시작했다. 팬덤에서 쓰는 용어를 빌리면, 해외 팬들의 '고나리'[71]가 시작된 것이다.

'외퀴'와 '화이트워싱'

해외 시장이 커지고 해외 시장을 중심으로 활동하는 케이팝 가수들이 늘어나면서, 국내 팬들은 해외만 신경 쓰고 국내는 소홀히 하는 기획사와 가수에게 서운함을 토로하는 일이 잦아졌다. 케이팝 팬들이 많이 모이는 대형 인터넷 게시판에

'한국 활동에도 신경을 좀 써 달라'는 의견을 피력하는가 하면, 한국에서 팬 미팅이나 콘서트를 할 때면 '케이팝 가수의 내한 공연'이라는 냉소적인 표현을 쓰기도 한다.[72] BTS의 소속사 빅히트가 국내 팬 중심의 닫힌 팬 카페가 아닌 글로벌 팬 모두를 겨냥한 열린 형태의 플랫폼 위버스를 론칭한 이후 국내 팬들 사이에서는 원성이 터져 나왔다. 국내 아이돌 그룹 팬 카페는 일반적으로 1년에 한 번씩 특정 기간에만 유료 회원을 모집한 후, 그들에게 콘서트 선 예매, 팬 사인회 응모권이 포함된 앨범 공동 구매 참여, 전용 상품(일명 '굿즈') 구매, 음악 방송 방청 기회 등 가수를 좀 더 가까이 볼 수 있는 각종 기회를 제공한다. 그런데 이제는 3만 3000원을 내고 위버스에 가입하면 누구나 콘서트 예매 기회나 팬 전용 상품 구매 등 기존 팬클럽 회원만이 누렸던 특전을 누릴 수 있게 되었다. 이에 국내 팬들은 'BTS가 국내에서 무시당할 때 열과 성을 다해 지원해서 이들을 글로벌 스타로 키워 냈는데, 개방형 글로벌 팬클럽이 시행되면 한국 공연 예매도 해외 팬들과 동일 선상에서 경쟁을 벌여야 하므로 역차별'이라고 주장하며 팬클럽 회원 상시 모집을 폐지하고 한국 팬 차별을 중지하라는 성명을 발표하기도 했다.

기획사와 가수들을 향한 국내 팬들의 불만은 종종 이들을 '빼앗아 가는' 존재인 해외 팬들을 향해 터져 나오기도 한다. 2010년대 초반 케이팝이 해외 시장으로 확장될 무렵, 일부 기획사에서는 국내 콘서트를 찾는 해외 팬들을 위해 좋은 좌석들의 예매를 막아 놓고 이를 해외 팬들에게 제공해 빈축을 샀다. 더불어 팬 미팅이나 사인회에서 국내 팬들의 사진 촬영이나 새치기 등은 강경하게 제지하면서 해외 팬(특히 백인이나 일본인 팬)들에게는 너그럽게 대한다거나, 소위 '대포(성능 좋은 커다란 렌즈를 부착한 카메라)'를 들고 사진을 찍는 한국인 '찍덕(연예인 사진을 찍고 유포하는 열성 팬)'들은 못 찍게 막거나 쫓아내면서 외국인에게는 촬영을 허락하는 일 등이 빈번해지며 차별 대우를 하는 기획사와 특별 대우를 받는 해외 팬들에 대한 불만이 점차 증가했다. 특히 3세대 이후 케이팝이 대부분 유튜브와 소셜 미디어를 통해 소비되면서 영어가 댓글 창을 점령하고, 한국어로 포스트가 올라오면 다짜고짜 'eng plz(English please, '영어로 좀 써줘'의 의미)'라는 댓글이 달리는 일도 생기면서 일부 케이팝 팬들은 외국인 팬과 바퀴벌레를 합성한 멸칭인 '외퀴'라는 용어까지 사용하며 적대감을 드러내기 시작했다. 사실 한국 팬들은 처음에는 케이팝 가수의 뮤직비디오나 소셜 미디어 페이지에 한국어 댓글보다 영어 댓글이 더 많이 달리고 댓글 창에 외국인들이 더 많이 보이는 것에 대해 친근감을 표현했다. 외국 팬들을 '외랑둥이'라는 애칭으로 부르기도 했다.[73] 그러나 어느덧 다수가 된 해외 팬들이 'eng plz'를 외치며 한국어로 포스트를 올린 케이팝 가수들에게 자신들의 요구 사항을 적극적으로 전달하거나 심지어 한국어 댓글에 비추천을 하여 해당 댓글을 삭제하게 만드는 일까지 일어나면서 상황이 달라졌다. '케이팝은 한국의 음악이고 한국 팬들을 위한 음악인데, 왜 당신들이 한국어를 배워서 이해하려고 하지 않고 그걸 영어로 바꿔라 마라 하느냐'는 항의다. 민족주의가 '우리'와 '너희'를 구별하여 '너희'의 문화를 이상하고 잘못된(심지어 열등한) 것으로 여기는 것으로부터 시작된다는 점을 생각해 보면, 외국 팬들을 '떼로 몰려와 우리에게 피해를 주는 바퀴벌레'로 비교하는 일은 케이팝에 투영된 민족주의 성향, 그리고 다른 문화에 익숙지 않은 한국인들이 갖는 '제노포비아(xenophonia, 외국인 혐오증)'를 압축적으로 드러낸다. 또한 이는 영어로 상징되는 서구 문화를 기반으로 형성된 글로벌 보편성과 지역적 특수성의 충돌이기도 하다.

국내 케이팝 팬덤 문화를 적극적으로 수용하고 행동 방식을 모방해 왔던 해외 팬덤 역시 점차 국내 팬덤에 대한 불만을 표출하고 있다. 해외 팬덤이 가장 문제시하는 부분은 국내 팬덤의 인종주의적 경향이다. 실제로 외국인 멤버가 포함된 케이팝 그룹에 대해 '동남아스러운 외모라 싫다'라는 표현을 거침없이 쓰는 한국 팬들도 있으며, '케이팝 좋아하는 외국인 중에 백인은 거의 없고 전부 흑인, 히스패닉, 아시아계뿐이라는데 그게 뭐가 해외에서 인기 있는 것이냐'며 인종 차별적인 발언을 아무렇지도 않게 하는 한국 팬들도 존재한다. 한국 방송사들은 해외 콘서트 현장을 촬영할 때 금발의 백인 팬들만 줄곧 원 샷을 잡고 타 인종과 민족은 담지 않는 경우가 많다. 이런 모습을 보며 해외 팬들은 한국 팬의 인종 차별적인 성향을 지적한다. 특히 보정을 통해 아이돌 사진을 남녀 모두 흰 피부로 만드는 관행에 대해 '화이트워싱(whitewashing, 백인이 아닌데도 백인으로 만드는 행위)'이라고 비판하고, 종종 이 사진들을 다시 노랗게 보정한 후 '이게 진짜 아시아인의 피부색이다'라며 다시 인터넷을 통해 공유하기도 한다. 한편 마약, 음주 운전, 스캔들 등 각종 사건 사고에 민감하고 사건의 파장이 클 경우 해당 멤버를 제외하기를 원하는 국내 팬덤과는 달리 해외 팬덤은 이에 대해 비교적 너그러우며, 오히려 국내 팬덤의 지나친 도덕주의를 비난하기도 한다. 몬스타엑스 소속으로 대마초 흡연 혐의를 받은 멤버 원호에 대해 많은 국내 팬들이 탈퇴를 요구한 반면 해외 팬덤은 탈퇴에 적극적으로 반대한 것이 대표적이다.

이는 국내 팬들과 해외 팬들의 문화적인 차이, 그리고 그 차이에 대한 이해가 이루어지기도 전에 빠르게 해외 시장으로 진입한 케이팝 사이의 '시차' 때문에 벌어지는 일이라고 할 수 있다. 가령 화이트워싱 논란에 대해 한국 팬들은 오히려 '한국에서는 과거부터 백옥 같이 하얀 피부를 이상적이라고 여겨 왔는데, 한국인라면 무조건 노란 피부여야 한다는 생각 이야말로 인종 차별'이라고 주장하며 해외 팬들의 행태를 '옐로워싱Yellow-washing'이라고 부르기도 한다. 또한 케이팝은 기본적으로 한국의 역사·문화·사회적 맥락에 기반을 두어 탄생한 것인데 이에 대한 이해 없이 자신들의 기준으로 한국 가수와 팬들을 비난하는 것은 일종의 자문화 중심주의라고 비판하기도 한다.

국내와 해외 팬덤의 분화와 갈등 및 인종주의 담론은 양쪽을 모두 아울러야 하는 케이팝 산업의 입장에서는 풀기 어려운 숙제일 수도 있다. 그러나 수용자들 사이에서 이 정도 수준의 자발적 논의가 이루어진다는 것은 수용자의 '이異문화 감수성cross-cultural sensitivity'이 콘텐츠의 이문화 감수성보다 훨씬 앞서 있기 때문이라는 긍정적인 해석도 가능하다.[74] 콘텐츠 생산자나 실연자實演者들이 미처 인지하지 못한 부분들을 팬들이 지적하고 논쟁하며 새로운 방향성을 제시하고 있는 것이다.

분명한 것은 글로벌 시장에서의 케이팝의 빠른 성장과 해외 팬덤의 폭발적 증가를 돈벌이나 국위선양 관점에서 마냥 긍정적으로 바라봤던 과거의 시각은 이제 유효하지 않다는 점이다. 케이팝의 정체성은 가수의 정체성이자 음악의 생산과 유통을 담당하는 산업의 정체성, 그것을 수용하는 팬들의 정체성과도 서로 깊게 연관되어 있다. 국내 팬덤의 민족주의적 성향은 자연스럽게 케이팝에게도 민족주의적인 색채를 부여한다. 하지만 케이팝이 초국가화될수록 다문화적인 정체성이 스며들어 민족주의에 균열을 일으키는 것 역시 자연스러운 일이다. 따라서 지역 음악이자 글로벌 음악으로서의 케이팝이 근본적으로 갖는 이중적인 속성으로 인해 케이팝은 '세계 속의 보편적인 팝 음악'을 지향하며 한국이라는 국가로부터 벗어나려는 탈국가화de-nationalization 움직임을 보이지만, 그것이 한국성과 떼려야 뗄 수 없는 지역 문화의 일종으로서 본국 및 글로벌 시장에서 소비된다는 점에서 끊임없이 한국의 것으로 재정의되는 재국가화re-nationalization 경향을 가진다. 이 두 흐름 사이의 융합과 갈등은 케이팝이 글로벌 시장에서 인기를 누리는 한 꾸준히 반복되는 문제일 것이다.

에필로그

케이와 팝의 충돌과 진화

1990년대 말 동아시아 내 중화권을 중심으로 나타난 한국 미디어 상품과 대중문화의 국제적인 인기, 즉 한류의 일부로 시작한 케이팝의 해외 시장 진입은 〈강남스타일〉과 BTS를 거치며 더 이상 한류의 틀만으로는 규정하기 어렵게 되었다. 가령 음악평론가 김영대는 미국 내 중요한 한류 관련 연례행사인 케이콘K-Con에서 케이팝에 대한 논의가 한국 대중음악과 문화에 대한 일반적인 지식을 공유하는 '한류 중심' 담론을 넘어 미국의 생산자·수용자 중심적인 관점에서 진행되고 있음을 지적한다.[75] 이는 한국에서 록이나 힙합에 대해 이야기할 때 미국 문화의 양상에 대한 일반적인 논의보다는 그 음악들이 한국의 역사적·문화적·사회적 맥락에서 어떻게 수용되고 재해석되는지에 주목하는 것과 비슷하다. 케이팝이 한류팬 또는 한국계(및 동아시아계) 미국인뿐만 아니라 점차 다양한 계층과 인종을 아우르는 진정한 의미의 글로벌 대중음악 장르로 변화하고 있기 때문에 일어나는 변화다.

    이 책에서는 최근 새롭게 형성되고 있는 케이팝의 정체성을 논의하면서 동아시아를 넘어 남북아메리카와 유럽, 중앙아시아 등 전 세계로 인기 영역을 확장한 3세대 케이팝 그룹과 음악, 이들의 팬을 케이스 스터디case study 형식으로 분석했다. 이들 모두는 한국이라는 특정한 국가와 깊게 연결되어 있으면서도 동시에 국경을 초월하는 초국가성을 지향한다.

이것은 케이팝이 태생적으로 갖고 있는 두 가지 상호 대립적인 속성인 지역 문화로서 K의 특수성과 글로벌 대중음악 장르로서 팝의 보편성에 기인한다.

비서구·비영어권 대중음악인 케이팝은 지역성과 분리될 수 없다. 실제로 케이팝은 자국 수용자들을 만족시키기 위해 탄생했다. 그러나 케이팝이 해외 시장에서도 성공을 거두면서, 특히 2010년대 초반부터 동아시아를 넘어 다양한 인종적·민족적·문화적 배경을 가진 세계 각지의 수용자들로부터 점차 폭넓은 사랑을 받게 되고 이로 인해 해외 시장의 비중이 '본진'을 넘어서면서 상황은 급변하고 있다. 이제 케이팝은 해외 시장을 무조건 신경 써야만 하는 상황이다. 이에 업계는 외국인 멤버의 적극적인 영입과 육성, 현지 업계와의 비즈니스 합작, 본격적으로 해외 수용자의 취향을 우선하는 그룹의 결성과 음악 제작 등 여러 방식을 시도하며 이들의 요구에 부응하기 위해 노력하고 있다. 그러나 이 과정에서 국내와 해외 시장 사이에는 다양한 균열과 갈등이 일어나며 케이팝 신에 새로운 의문들을 던지고 있다. 이는 세계화의 역사가 비교적 짧은 케이팝의 다른 문화에 대한 이해가 부족하기 때문이기도 하지만, 초국가적인 글로벌 음악을 지향하면서도 케이팝에 내재된 지역성, 즉 한국성을 완전히 폐기 처분할 수 없기 때문에 벌어지는 일이다.

몇몇 전문가들의 지적처럼 '이문화적 요소를 볼거리의 소재로만 다루는 관습, 인종주의와 피부색 권력의 위험, 한국을 우월한 위치에 놓는 위계'[76]는 글로벌 음악 장르로 자리 잡아 가는 케이팝이 반드시 심각하게 고려하고 피해야 할 문제다. 그러나 지금까지 K, 즉 '한국'을 중심에 놓았던 케이팝이 글로벌 보편 문화로서의 성격을 더욱 강화하며 K를 떠나게 된다면, 더 이상 '케이팝'이 아니게 되는 모순적인 상황에 직면한다. 이는 케이팝이 록이나 힙합처럼 음악적인 특성으로 정의되는 것이 아니라 지역성과 문화적인 특징 및 스타일로 규정되는 장르이기 때문에 발생하는 일이다. 그래서 한국에서 힙합을 하는 것과 미국에서 케이팝을 하는 것이 전혀 다른 의미를 가질 수밖에 없다. 케이팝 비즈니스 모델의 현지화를 통해 탄생한 가수, 또는 한국에서 기획한 외국인 그룹처럼 실연자와 타깃 수용자 모두가 외국인인 음악이 만들어지는 것을 케이팝의 전 세계적인 확산을 통한 보편화라고 해석할 수도 있지만, 이렇게 된다면 케이팝은 이제 음악 장르라기 보는 일종의 '기술적인 모듈module'[77], 즉 정형화된 생산 방식에 그치게 될 수도 있다. 케이팝 시스템을 기반으로 한 포맷인 〈프로듀스 101〉의 중국 현지화 버전을 통해 탄생한 그룹이 케이팝이 아닌 중국 대중음악이 되는 것처럼 말이다.

하지만 케이팝의 본성인 민족주의적인 성향은 케이팝

이 완벽하게 초국가화, 또는 탈국가화되는 것을 끊임없이 제지하고 다시 한국의 음악으로 회귀시킨다. 케이팝이 한류의 일부분이 아니라 보편적인 글로벌 음악 장르 중 하나로 여겨진다고 해도, 한국의 다른 대중문화와 떨어져 독립적으로 존재할 수는 없기 때문이다. 'BTS는 일반적인 케이팝 그룹과는 다른 이질적인 존재로서 케이팝의 특성에 반反하여 성공했으므로 그들은 케이팝의 일부로 볼 수 없다'는 주장은 일견 의미가 있지만, 그럼에도 불구하고 이는 BTS를 현재의 위치로 끌어올려 준 다양한 장점들이 지극히 케이팝스러운 미덕에 기반하고 있음을 간과한 것이다. 또한 여전히 많은 해외 팬들이 케이팝에게 요구하는 가치가 '글로벌 팝 음악과도, 자신들의 지역 음악과도 다른 제3의 어떤 것'이라는 점을 고려해 보면, 아무리 '케이팝 표준화 모듈'을 적용하여 만들어진 현지 대중음악이라고 할지라도 '오리지널'인 케이팝을 쉽게 대체하기는 어려울 것임을 예상할 수 있다. 그리고 케이팝 산업 자체가 방송, 광고, 영화 등 다른 한국 문화 산업과 매우 밀접하게 연관되어 작동하고 있기 때문에, 글로벌 문화 산업 내에서 케이팝은 팬들을 한국의 다른 문화 콘텐츠로 안내하는 일종의 관문 역할을 여전히 충실하게 수행하고 있다. 따라서 케이팝만을 한국 문화·음악 산업의 맥락에서 따로 분리하여 '모듈' 혹은 '독립적인 장르'로 이해하는 것은 다소 편향된 관점일 수 있다. 케이팝에게 '본진'은 여전히 중요한 요소인 것이다.

결국 케이팝을 둘러싸고 벌어지고 있는 일련의 갈등과 융합은 케이팝이 K와 팝의 결합인 이상, 그리고 케이팝이 글로벌 음악 시장에서 그 지위를 갑작스레 상실하지 않는 이상 겉모습만 조금씩 달리한 채 끊임없이 되풀이되어 나타날 이슈라고 할 수 있다. 물론 케이팝은 지금보다 훨씬 더 다문화적인 색채를 띠게 될 것이고, 수용자들의 취향 분화에 따라 음악적인 다양성도 증가할 것이며, 케이팝 정체성의 핵심 중 하나인 기획사-아이돌 시스템 역시 산업적으로 체계를 갖추는 동시에 가수와 기획사의 관계에서는 좀 더 유연성을 확보하게 될 것이다. 그리고 케이팝과 한국 음악, 나아가 한국 대중문화의 인기가 장시간 꾸준히 지속되어 글로벌 대중문화의 일부로 안정적으로 자리 잡게 된다면 그것은 더 이상 갑작스러운 흐름을 뜻하는 '-류(流, wave)'라는 이름으로 불리지 않게 될지도 모른다.

그러나 케이팝이 부분적으로 새로운 규정을 필요로 하게 될지라도 그것이 K, 즉 한국이라는 특성에서 완전히 분리되는 일은 쉽게 일어나지 않을 것이다. 이는 한국 문화가 아무리 인기를 얻게 되어도 미국, 넓게는 서양 문화가 글로벌 문화 산업에서 누려 온 일종의 보편성을 획득할 수가 없기 때문이다. '우리는 아무리 해도 미국처럼은 안 돼'라는 자조적인 의미가 아니다. 인터넷 미디어 플랫폼의 발달과 그로 인한 직간접적인 문화 교류 증대, 그리고 이를 바탕으로 한 새로운 세대의 등장 등은 전과 다른 문화 산업 환경을 만들어 냈으며, 케이팝은 이런 환경의 가장 빠르고 직접적인 수혜자다. 이제 미국을 포함한 여러 개의 크고 작은 문화 중심에서 만들어진 콘텐츠들이 인터넷을 기반으로 한 글로벌 미디어 플랫폼을 통해 다양한 틈새시장으로 빠르게 전달되는 세상이 되었다. 미국이 여전히 대중문화의 헤게모니를 쥐고 있다고 해서 과거처럼 전 세계의 유일무이한 문화 중심으로서 압도적인 영향력을 발휘하거나 그로 인해 절대다수의 사람들이 비슷한 문화 취향을 갖게 되는 세상이 다시 오지는 않을 것이라는 의미다.

케이팝이 현재 글로벌 문화 시장에서 확보한 새로운 틈새시장은 분명 일부 집단에 국한해 향유되는 일종의 하위문화에 가까운 지위를 갖고 있으며, 덕분에 보편성을 다소 결여하고 있는 것이 사실이다. 하지만 주류의 영향력이 과거처럼 크지 않은 현재 케이팝이 갖고 있는 위상과 영향력은 상대적으로 종종 강력해질 가능성이 있다. 따라서 케이팝은 보편적일 수 없다. 실은 그럴 필요도 없다. K와 팝은 끊임없이 충돌과 융합을 반복할 것이다. 그리고 그 과정에서 케이팝이 지금과 다른 형태로 변화한다고 해도, K를 아예 내려놓게 되는 일은 없을 것이다.

주

1 _ Arin Kim, 〈Twitter: K-pop's great leveler〉, 《The Korea Herald》, 2019. 1. 31.

2 _ 이 책에서 '동아시아'는 동북아시아와 동남아시아를 모두 아우르는 광의의 개념으로 사용되었다.

3 _ 올드 스쿨 힙합은 1970년대 말에서 1980년대 중후반 사이의 초기 힙합 음악 스타일을 지칭하는 용어다. 비교적 단순한 랩핑에 복잡하지 않은 간결한 비트를 결합한 형태다. 반면 갱스터 랩은 1990년대 초중반 미국을 비롯한 전 세계에서 유행한 힙합 음악 스타일로, 뒷골목 갱스터들의 삶을 직설적인 언어로 묘사한 가사와 겹겹이 쌓아 올린 묵직한 펑크(funk) 비트를 음악적인 특징으로 한다.

4 _ 라이브 공연 시 실제로 목소리를 내지 않고 틀어 놓은 반주 음원에 맞춰 입만 벙긋거리는 가수들을 냉소적으로 일컫는 말.

5 _ 다음 영상의 댓글 참조. KLCL, 〈SHAWN STOCKMAN (of BOYZ II MEN) ON BTS'S ROSE BOWL SHOW〉, 2019. 5. 8.

6 _ 김태은, 〈박상진 교수 "싸이 강남스타일은 국악 휘모리장단"〉, 《뉴시스》, 2014. 11. 1.

7 _ 국가에 대한 자긍심이 지나친 나머지 무조건적으로 우리나라 문화를 찬양하는 것을 비꼬는 말. 2010년대 초중반 인터넷 커뮤니티를 중심으로 자주 쓰이기 시작한 신조어다.

8 _ 신현준, 《가요, 케이팝, 그리고 그 너머》, 돌베개, 2013.

9 _ 손민정, 《트로트의 정치학》, 음악세계, 2009.

10 _ 한국 음악 산업의 영미 음악 수용 과정이나 '신세대 댄스 음악'의 정의 및 일본 음악 표절 스캔들 등에 대한 자세한 논의는 이규탁, 《케이팝의 시대》, 한울엠플러스, 2016 참조.

11 _ 홍콩의 대중음악을 지칭하는 용어로, 광둥어(Cantonese) 가사로 이루어져 있으

므로 '캔토팝'이라고 불린다. 시팝C-pop, 또는 에이치케이팝HK-pop이라고도 하며, 1980~1990년대에 한국과 대만, 일본, 말레이시아 등 동아시아 권역에서 큰 인기를 얻으며 전성기를 누렸다.

12 _ Ola Johansson, 〈Beyond ABBA: The Globalization of Swedish Popular Music〉, 《FOCUS on Geography》 53(4), 2010, pp. 134-141.

13 _ 실제로 아바는 물론 에이스 오브 베이스, 록시트, 로빈, 카디건스 등 유명 스웨디시 팝 가수들은 거의 모두 스웨덴어가 아닌 영어로 앨범을 발매하여 활동해 왔다.

14 _ 가령 2000년 국내 가요계 최대 히트곡 중 하나인 홍경민의 〈흔들린 우정〉은 스페인어권에서 만들어진 노래도, 스페인어로 된 노래도 아니지만 라틴 음악 특유의 비트와 분위기를 담고 있기 때문에 한국적으로 해석된 라틴 팝이라고 할 수 있다.

15 _ 이 곡을 포함하여 2017년 빌보드 싱글 연간 차트 100위 안에는 라틴 팝 계열 음악 총 19개가 포함되었다. 2016년 연간 차트에서 단 4곡이었던 것과는 대조적이다.

16 _ 영어로 발표된 라틴 팝이라고 할지라도 노래 제목 및 가사에 스페인어를 많이 삽입하는 경우가 대부분이다.

17 _ 예를 들면 임희윤, 〈"월드 뮤직 2.0 시대…케이팝과의 협업 폭발적 시너지 기대"〉, 《동아일보》, 2017. 9. 27.

18 _ Timothy Taylor, 《Beyond Exoticism: Western Music and the World》, Duke University Press, 2007.

19 _ 서정민, 〈"BTS, 팬클럽 '아미'와 때론 돕고 때론 견제한다"〉, 《한겨레》, 2018. 12. 9.

20 _ 김봉현, 〈방탄소년단은 한류가 아니다〉, 《에스콰이어》, 2017. 12. 24.

21 _ 가령 미국의 주간 문예지 《뉴요커(The New Yorker)》는 소녀시대를 '공장에서 만들어진 소녀들'로 비유하기도 했다.

Johm Seabrook, 〈Factory Girls〉, 《The New Yorker》, 2012. 10. 1.

22 _ 학교 3부작은 《2 COOL 4 SKOOL》, 《O!RUL8,2?》, 《SKOOL LUV AFFAIR》 세 앨범을 일컫는 말로, 학창 시절을 보내고 있는 10대들의 이야기를 중심으로 한 3장의 앨범이다. 청춘 2부작은 《화양연화》 pt. 1과 pt. 2 두 장의 앨범을 일컫는 말로, 청춘들의 고뇌와 불안, 열정, 사랑, 에너지 등을 노래한 작품이다. Love Yourself 4부작은 '승-전-결'의 3단계로 나누어 발매된 3장의 《Love Yourself》 앨범들과 영상 〈LOVE YOURSELF 起 'Wonder'〉를 포함한 시리즈를 일컫는다. 사랑의 설렘, 두려움, 이별의 아픔, 사랑을 통한 자아의 성숙 등과 같은 내용을 담았다.

23 _ Yoshitaka Mori, 〈Reconsidering Cultural Hybridities: Transnational Exchanges of Popular Music in Between Korea and Japan〉, Jonathan Mackintosh et al. eds, 《Cultural Studies and Cultural Industries in Northeastern Asia》, Hong Kong University Press, 2009, pp. 213-230.

24 _ KLCL, 〈SHAWN STOCKMAN (of BOYZ II MEN) ON BTS'S ROSE BOWL SHOW〉, 2019. 5. 8.

25 _ 이혜인, 〈방시혁이 말하는 '방탄소년단' 성공 요인?〉, 《한겨레》, 2017. 12. 10.

26 _ 가령 BTS 현상에 대해 분석한 아리랑TV의 뉴스 영상 댓글을 보면, 오히려 한국 팬들이 아닌 해외 팬들이 영어가 아닌 한국어 앨범을 꾸준히 발매해 줄 것을 요청하고 있음을 쉽게 확인할 수 있다.
ARIRANG NEWS, 〈The BTS phenomenon and future of K-Pop〉.

27 _ 최진영, 〈최신 '미드' 한국인 주인공은 한국어로만 얘기한다〉, 《이코노미조선》, 2019. 4. 22.

28 _ BBC, 〈The Beatles v BTS: How do these supergroups compare?〉, 2019. 1. 30.
박세연, 〈"BTS, 비틀즈만큼 영향력 있는 팀"〉, 《스타투데이》, 2019. 9. 26.

29 _ 가령 힙합에서의 진정성은 점점 상업화되고 있는 현재 힙합 신에서 '진짜 힙합'이

무엇인가에 대해 수용자와 창작자들 스스로가 만들어 내는 담론을 말한다.
김수아·홍종윤, 《지금 여기, 힙합》, 스리체어스, 2017 참조.

30 _ 김수정·김수아, 〈'집단적 도덕주의' 에토스 – 혼종적 케이팝의 한국적 문화 정체성〉, 《언론과 사회》 23(3), 2015, 5-52쪽.

31 _ 미묘, 〈아시아 표류기 vol.3 – 이제의 K-POP 너머〉, 《W코리아》, 2019. 1. 28.

32 _ 양성희, 〈세계적 위상 K팝, 산업 마인드는 못 따라간다〉, 《중앙일보》, 2019. 8. 15.

33 _ 원래 가사는 '샤이 샤이 샤이(Shy Shy Shy)'인데, 일본 출신인 사나가 일본식 영어 발음으로 부른 것이 '샤샤샤'로 들리게 된 것. 이 부분은 독특한 춤 동작과 어우러지며 수많은 '짤'을 양산했고, 〈CHEER UP〉이 히트곡이 되는 데 일조했다.

34 _ 이는 1990년대에 인기를 얻었던 교포 출신 가수들인 솔리드, 유승준, 업타운, 드렁큰 타이거 등도 마찬가지이다.
미묘, 〈다국적 아이돌, 보다 입체적인 고민을 위해〉, 《한류Now》 26, 2018, 33-40쪽 참조.

35 _ 슈퍼주니어 소속 5명에 헨리와 중국인 멤버 조미를 더한 7명으로 구성되었다.

36 _ 이는 과거 중국에서의 한국 대중음악 수용에 대해 연구한 학자 로완 피스(Rowan Pease)의 글에서도 확인할 수 있다. 중국의 한국 음악 팬들을 대상으로 한 그녀의 인터뷰에서 인터뷰 대상자들은 '케이팝은 질 높은 세련된 음악임에도 불구하고 친근한 느낌을 준다'고 언급한다.
Rowan Pease, 〈Korean Pop Music in China: Nationalism, Authenticity, and Gender〉, Jonathan Mackintosh et al. eds, 《Cultural Studies and Cultural Industries in Northeastern Asia》, Hong Kong University Press, 2009.

37 _ 〈2018 음악산업백서〉, 한국콘텐츠진흥원, 2019.

38 _ 이재훈, 〈[초점] 일본 톱스타 카라, 그들에게 독도는 없다?〉, 《뉴시스》, 2012. 8. 22.

39 _ 일본 군주의 호칭을 '천황(天皇)'이라고 할 것이냐 '일왕(日王)'이라고 할 것이냐에 대해서는 여전히 많은 논란이 있다. 사실 한국 정부에서는 현재 천황을 공식 호칭으로 사용하고 있으나, 한일 관계의 양상에 따라 때로는 일왕이라는 표현도 쓰이곤 한다. 이 글에서는 천황을 '천하를 지배하는 황제'라는 오래된 어원에 의존한 해석이 아닌, 단순히 일본 군주를 나타내는 고유 명사로 쓰이는 현재 용례를 바탕으로 일왕 대신 천황을 사용했다.

이기철, 〈외교부 "文대통령, 아키히토 천황에 한일 관계 기여 사의" 서한〉, 《서울신문》, 2019. 4. 30. 참조.

40 _ 전문은 다음과 같다. "平成生まれとして、平成が終わるのはどことなくさみしいけど、平成お疲れ様でした！！！ 令和という新しいスタートに向けて、平成最後の今日はスッキリした1日にしましょう！ #平成ありがとう #令和よろしく #FANCYもよろしく"

41 _ 김지혜, 〈트와이스 사나, 일본 연호 변경 심경 글에 '갑론을박'〉, 《중앙일보》, 2019. 5. 1.

42 _ 심두보, 〈한류의 효용: 산업 너머, 강대국 너머〉, 한국국제문화교류진흥원 編, 《한류, 다시 출발점에 서다》, KOFICE, 2019, 109-125쪽.

43 _ 슈퍼주니어 한경은 2009년 현지 에이전시와 계약하며 SM과 전속 계약 무효 소송을 벌였으며, 크리스와 루한, 타오는 엑소가 싱글 〈으르렁〉으로 커다란 인기를 얻은 직후인 2014년과 2015년에 걸쳐 그룹을 탈퇴하고 역시 현지 에이전시와 계약했다. 두 그룹은 해당 시기 한창 인기의 전성기를 누리고 있었던 때였고, 이들의 탈퇴로 인한 중국 팬의 이탈 및 그룹 활동의 혼선 등은 두 그룹과 소속 기획사 SM에게 큰 손실을 안겼다.

44 _ 2020년 1월 현재 〈프로듀스〉는 조금씩 다른 이름으로 바뀌며 네 번째 시즌까지 방송이 완료되었다. 첫 번째와 두 번째 시즌은 〈프로듀스 101〉, 세 번째 시즌은 〈프로듀스 48〉, 네 번째 시즌은 〈프로듀스 X 101〉이라는 이름으로 방영되었다. 〈프로듀스 48〉의 경우는 다른 시즌과 약간 차이가 있는데, 101명이 아닌 96명이 참가하였으며 최종 11명이 아닌 12명을 선발하였다.

45 _ 황선업,《당신이 알아야 할 일본 가수들》, 스코어, 2016.

46 _ KOCCA,《2018 음악산업백서》, 2019.

47 _ 유성운,〈AKB48은 왜 한국 연습생들을 넘지 못했을까〉,《중앙일보》, 2019. 7. 7.

48 _ MLBPARK,〈[프뷰] 조유리 위안부 뱃지 달았다고 까이나보네요.jpg〉, 2017. 7. 27. 참조.

49 _〈창조 101〉은 중국의 웹 동영상 서비스 업체 텐센트에서,〈우상연습생〉은 아이치이에서 제작·방영했다.〈우상연습생〉은 2018년 첫 시즌 이후〈청춘유니〉라는 이름으로 변경하여 시리즈를 이어가고 있다. 최근에는 저작권 문제를 해결한 듯, 엠넷도 공개적으로〈청춘유니〉의 성공을 기원하기도 했다.

50 _ BgA는 라이언 히가, 저스틴 전(Justin Chon), 데이빗 최(David Choi), 필립 왕(Philip Wang), 준성 안(Jun Sung Ahn)으로 구성되어 있다.

51 _ 김수철·강정수,〈대중음악(K-pop) 산업에서의 트랜스미디어 전략: '강남스타일' 사례를 중심으로〉,《2012년 한국언론학회 가을철 정기학술대회 특별 세션》, 2012, 3-21쪽.

52 _ 채드 퓨처를 다룬 20여 분짜리 다큐멘터리〈I Am Chad Future〉의 유튜브 영상에 달린 댓글들에서 그에 대한 해외 케이팝 팬들의 비판을 확인할 수 있다.
 KCON TV,〈I Am Chad Future (Special)〉, 2014. 4. 8. 댓글 참조. 뒤에 이어지는 다른 비판점 역시 해당 영상의 댓글에서 인용한 것이다.

53 _ 영국 BBC의 EXP Edition에 관한 기사 제목. Yvette Tan,〈K-pop's EXP Edition: The world's most controversial 'Korean' band〉,《BBC》, 2018. 12. 6. 참조.

54 _ 그룹 이름의 EXP는 실험(experiment)의 앞 글자를 따온 것이다.

55 _ 이들에 대한 한 대형 인터넷 게시판의 반응은 다소 엇갈렸지만, 그래도 대체로 우

호적이었다.

MLBPARK, 〈외국인들의 K-POP 논쟁〉, 2018. 12. 3. 참조.

56 _ Yvette Tan, 〈K-pop's EXP Edition: The world's most controversial 'Korean' band〉, 《BBC》, 2018. 12. 6.

57 _ 1980년대 후반에서 1990년대 중반 사이 큰 인기를 얻은 대중적인 멜로디의 춤추기 좋은 R&B 음악으로, 2010년대 들어 다시 인기를 얻고 있다.

58 _ 지팝에 대한 대형 인터넷 게시판의 반응 참조.
MLBPARK, 〈Z-Girls And Z-Boys, 그룹명 공모 시작…대중 관심 속 탄생할 그룹명 예고〉, 2019. 3. 19.

59 _ 박준우, 〈모방하는 케이팝, 복제하는 아이돌 2/2〉, 《아이돌로지(Idology)》, 2015. 7. 24.

60 _ 중국과 캄보디아의 해당 그룹들 관련 기사와 영상은 다음 참조.
이아영, 〈中서 짝퉁 B1A4 등장, "도 넘은 모방"〉, 《머니투데이》, 2012. 7. 18.
gech leng, 〈this is Ring-Ding-Dong in cambodia.3gp〉

61 _ merchandise의 약자로 엽서, 티셔츠, 배지 등 연예인·미디어 관련 상품을 뜻한다. '굿즈(goods)'라고도 한다.

62 _ 가온차트, 〈2019년 10월 Album Chart〉.

63 _ '홈페이지 마스터'의 준말로, 성능 좋은 카메라를 들고 특정 스타들을 따라다니며 그들의 일거수일투족을 사진과 동영상으로 촬영한 후 소셜 미디어 등을 통해 공유하거나 상업적으로 판매하는 팬을 일컫는다.

64 _ 김윤하, 〈K팝 팬 문화의 글로벌 확산, 조공과 기부 문화를 중심으로〉, 《한류Now》 26, 2018, 18-25쪽.

65 _ KOFICE, 〈K-Pop 그룹 카드(KARD), 10월 브라질 공연 4회 개최〉, 2019. 10. 28.

66 _ 아이돌로지, 〈모든 시류를 거슬러서, 카드(K.A.R.D.)〉, 2017. 2. 22.

67 _ 레게를 기반으로 전자 음악과 힙합, R&B 등의 요소가 가미된 댄스 음악 장르.

68 _ 김홍기, 〈2019 K-Pop 세계 지도를 통해 전망해 보는 넥스트 K-Pop〉, 서울 국제
뮤직 페어, 2019.

69 _ 5대 돔은 4만 명 이상을 수용할 수 있는 대형 돔 공연장인 도쿄 돔, 삿포로 돔, 오사
카 교세라 돔, 후쿠오카 야후 옥션 돔, 나고야 돔을 말한다. 아레나급은 대략 8000에서
2만 명 정도 수용 가능한 공연장으로 사이타마 슈퍼 아레나, 요코하마 아레나, 일본 부
도칸(武道館) 등이 대표적이다.

70 _ 블립, 〈K-POP의 세계화는 현재 진행형?〉, 2019. 9. 27.

71 _ '고나리'는 '관리'의 오타에서 비롯된 말로, 지나치게 간섭하고 잔소리하는 행위를
일컫는다.
신윤희, 《팬덤 3.0》, 스리체어스, 2019 참조.

72 _ 김수경, 〈BTS 부럽지 않아…우리는 '수출형 아이돌'〉, 《조선일보》, 2019. 9. 27.

73 _ BTS 팬클럽 아미에서 먼저 쓰기 시작하여 다른 팬덤으로 퍼진 용어로, '외국인 팬
+사랑둥이'의 준말이다.

74 _ 박소정, 〈신한류가 갖춰야 할 덕목, 이문화 감수성〉, 《엔콘텐츠》 13, 2019, 20-23쪽.

75 _ 김영대, 〈하위문화로부터 탈한류 담론의 가능성까지: 케이콘과 방탄소년단을 중심
으로〉, 한국방송학회 編, 《문화연구의 렌즈로 대중문화를 읽다》, 컬처룩, 2018, 159-
188쪽.

76 _ 박소정, 〈신한류가 갖춰야 할 덕목, 이문화 감수성〉, 《엔콘텐츠》 13, 2019, 23쪽.

77 _ 김영대, 〈하위문화로부터 탈한류 담론의 가능성까지: 케이콘과 방탄소년단을 중심으로〉, 한국방송학회 編, 《문화연구의 렌즈로 대중문화를 읽다》, 컬처룩, 2018.

북저널리즘 인사이드　　지구인 세대의 음악

전 세계로 확장된 케이팝의 인기에는 새롭게 등장한 세대가 있다. Z세대는 이전 세대와 달리 국경을 초월하는 지구적 단위다. Z세대를 분석한 맥킨지 리포트는 세계가 더 긴밀하게 연결되면서 사회 경제적 차이보다 세대 차이가 소비자 행동에 더 큰 영향을 미치게 되었다고 지적한다. Z세대는 디지털 네이티브로서 국적이나 소득 수준 등에 관계없이 같은 정체성을 공유한다. 한국인과 미국, 남미, 유럽, 아시아인이 비슷한 특성을 갖는 것이다. 해외 팬들이 케이팝 아이돌을 '외국 가수'가 아니라 나와 정체성을 공유하는 친구로 보는 이유다.

저자는 방탄소년단, 채드 퓨처, EXP 에디션, 지보이즈, 지걸즈 등의 사례를 분석해 글로벌 소비자에게 케이팝이 어떤 의미인지 구체적인 그림을 그려 보인다. 이들에게 케이팝은 아시아성과 다양성의 상징인 동시에 친근한 또래 문화다. 해외 팬들은 케이팝의 조건을 파악해 케이팝을 직접 생산하려 시도하기도 하고, 케이팝의 정체성을 국내 팬보다 민감하게 느끼고 문화 전유를 비판한다.

새로운 세대의 등장으로 문화 소비 방식은 근본적으로 재편되고 있다. 비주류 정체성, 소수 문화, 독특함이 보편적인 공감을 받기 시작한 것이다. 이제 문화를 주도하는 국가와 같은 세계 문화의 '중심'은 사라지고 있다. 저자의 말처럼, 세계 문화의 중심이 압도적인 영향력을 발휘하거나 절대다수의 사람들이 비슷한 취향을 갖는 세상은 다시 돌아오지 않을 것이다.

케이팝은 이런 변화의 최전선에 있다. K와 팝 사이의 갈등은 변화가 빠르게 일어난 음악 소비의 영역과 다른 영역 사이의 시차 때문에 발생하는 것이다. 음악이라는 문화 소비는 국경과 상관없이 이루어지고 있지만, 국가 간 장벽과 문화 차이가 남아 있는 사회 영역도 존재하기 때문이다. 케이팝 안의 민족주의적인 대립은 고루한 소비자들 사이의 논쟁이 아니라, 패러다임 변화의 증거다. 근본적인 변화에 갈등은 필연적이다.

그래서 케이팝의 딜레마는 케이팝만의 이야기가 아니다. 로컬 비즈니스가 글로벌 시장에서 성공을 거두면서 발생하는 문제이고, 세계 시장을 공략하는 모든 산업이 직면할 수 있는 갈등이다. 케이팝은 이를 가장 먼저 겪으면서 수많은 참고 사례들을 만들어 왔다.

케이팝을 단순히 한국의 음악 장르로만 보면, 폭발적으로 증가하고 있는 케이팝의 글로벌 인기를 '국뽕'식으로 긍정하거나, 어차피 영미 팝 음악처럼은 될 수 없다는 냉소적인 태도로 감상하게 된다. 하지만 글로벌한 문화 현상이라는 관점에서 케이팝을 분석하면, 커다란 변화를 맞이한 세계인들의 문화 소비 방식을 읽을 수 있다. 케이팝에서 발생하는 한국적인 특성과 글로벌 보편성 사이의 갈등은 이런 거대한 변화의 증거이자, 최전선의 사례로서 다음에 올 변화를 내다보게 해 줄 것이다.

소희준 에디터